스토리텔링 100점 국어

1학년

스토리텔링

100점 국어 1학년

2013년 2월 8일 초판 1쇄 펴냄 • 2013년 2월 25일 초판 2쇄 펴냄

펴낸곳 | ㈜ 꿈소담이
펴낸이 | 김숙희
기획 · 글 | 서지원 스토리텔링연구소
그림 | 이종관

주소 | 136-023 서울특별시 성북구 성북동 1가 115-24 4층
전화 | 747-8970 / 742-8902(편집) / 741-8971(영업)
팩스 | 762-8567
등록번호 | 제6-473(2002. 9. 3)

홈페이지 | www.dreamsodam.co.kr
북 카 페 | cafe.naver.com/sodambooks
전자우편 | isodam@dreamsodam.co.kr

ISBN 978-89-5689-858-2 64800

- 책 가격은 뒤표지에 있습니다.
- 꿈소담이의 좋은 책들은 어린이와 세상을 잇는 든든한 다리입니다.

* 166쪽에 수록된 〈구슬비〉는 아동문학가 권오순 선생님(1919~1995)이 지으신 동시입니다.
권오순 선생님이 타계하신 후 아무런 연락처도 남기시지 않아 부득이 저작권 승인을 받지 못했습니다.
추후라도 연락이 되면 꼭 승인을 받도록 하겠습니다.

스토리텔링 100점 국어 1학년

서지원 스토리텔링연구소 기획 · 글 | 이종관 그림

소담주니어

국어를 못하면 다른 공부도 못해요

어린이 여러분, 반가워요! 재미난 국어 동화로 여러분을 만나게 되었군요.

여러분은 지금 1학년이지요? 이제 막 학교에 들어간 친구도 있을 테고, 1학년을 거의 마친 친구도 있을 거예요.

제일 먼저 말하고 싶은 것은, 국어는 아주 중요한 공부라는 거예요.

국어는 우리말을 배우는 공부예요. 수학, 슬기로운 생활, 바른 생활 등 모든 과목은 국어로 돼 있어요. 교과서도 국어로 돼 있고, 시험 문제도 국어로 나와요. 그러니까 국어는 모든 공부의 기본이라고 할 수 있지요.

만약 국어를 잘 못하면 시험 문제의 뜻을 정확하게 알 수 없을 거예요. 실제로 문제의 뜻을 몰라서 답을 틀리는 친구도 많아요.

그러니까 국어를 잘해야 다른 과목도 잘할 수 있어요. 국어를 못하면 다른 과목을 잘할 수가 없어요. 이제 국어가 얼마나 중요한 공부인지 잘 알겠지요?

국어는 다른 과목과 다르게 한 단원에서 여러 가지를 배워요. 각 단원마다 말하기, 듣기, 읽기와 쓰기로 이뤄져 있어요.

왜냐하면, 말하기, 듣기, 읽기와 쓰기를 다 잘해야 국어를 잘할 수 있으니까요.

다른 사람에게 내가 하고 싶은 말을 잘 하고, 다른 사람의 말을 정확하게 잘 듣고, 글을 제대로 잘 읽고, 글을 잘 쓰는 법을 배워야 국어를 잘하게 되는 거예요.

이제부터 국어를 잘하는 몇 가지 방법을 알려 줄게요.

첫째, 교과서를 열심히 읽으세요. 국어는 교과서만 열심히 읽어도 공부를 잘하게 되는 신기한 과목이에요. 대충 읽지 말고, 아주 꼼꼼하게, 천천히, 정확하게, 여러 번 반복해서 읽으세요.

둘째, 책을 읽다가 어려운 낱말이 나오면 바로바로 사전을 찾아보세요. 국어의 기본은 낱말과 문장이에요. 낱말을 많이 알고, 낱말의 뜻을 정확하게 알면 어려운 책도 읽기가 쉬워져요.

셋째, 친구들과 열심히 토론을 해 보세요. 우리는 날마다 말하기와 듣기를 해요. 가족들과 친구들과 얘기를 주고받아요. 하지만 이것만으로 말하기와 듣기를 잘할 수는 없어요. 특별한 주제를 놓고, 내 의견을 발표하고, 친구들의 의견을 들어 보세요. 예를 들면 미래의 꿈 같은 것에 대해서 말이에요. 그러면 자기도 모르게 말하기와 듣기를 잘하게 됩니다.

이 책은 여러분에게 국어 교과서를 어떻게 하면 쉽고 재미있게 보여줄 수 있을까, 하는 고민에서 시작되었어요. 그래서 만화도 있고, 동화도 있고, 재미있는 문제도 있습니다. 이 책으로 열심히 공부하다 보면 학교 공부도 쉬워질 거라고 약속합니다. 그러면, 2학년 교과서 동화에서 또 만나요!

서지원

차례

누구나 할 수 있는 4단계 입체 학습법

1단계 이야기마당

교과서에 나온 핵심 원리가 만화로 나옵니다. 동화를 읽기 전에 미리 만화를 읽으면 어떤 것을 배워야 할지 예습할 수 있습니다.

2단계 스토리텔링

한 편씩 동화를 읽다 보면, 나도 모르게 어려운 공부가 저절로 됩니다. 원리가 그림으로 풀이되어 쉽게 배울 수 있습니다.

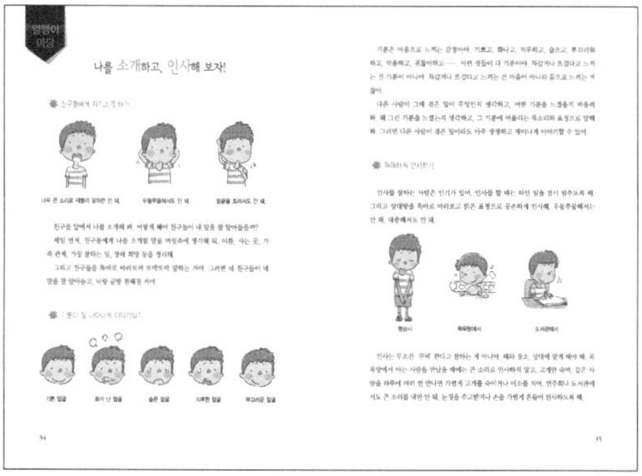
알맹이 마당

나를 소개하고, 인사해 보자!

3단계 알맹이마당

동화 속에 나왔던 핵심 원리를 다시 한 번 읽어 보면 절대 잊지 않습니다. 동화 속 주인공이 나와 복습을 가르쳐 줍니다.

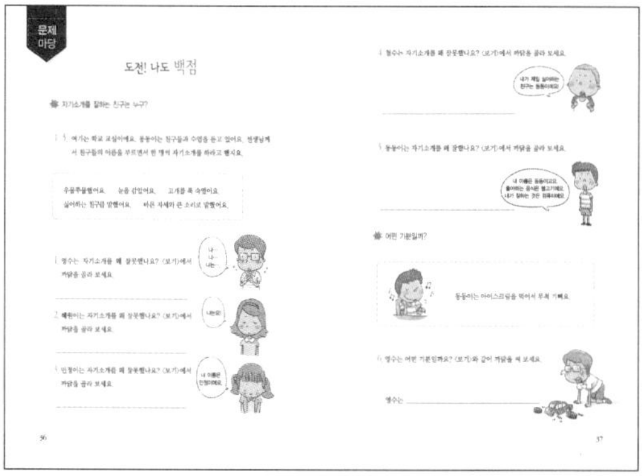
문제 마당

도전! 나도 백점

4단계 문제마당

다 배웠으면 백점 만점에 도전해야지요? 단순한 문제가 아니라, 머리가 좋아지는 문제입니다. 이야기에 숨어 있는 재밌는 문제를 풀다 보면 상상력, 창의력, 논리력이 쑥쑥 자라게 됩니다.

1장

'듣기 · 말하기' 는 정말 쉬워!

공부할 내용

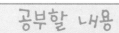

- 나를 자신 있게 소개하기
- 기분을 나타내는 말을 알기
- 기분이 잘 드러나게 이야기하기
- 여러 가지 인사말을 알기
- 듣는 사람에게 알맞게 소개하기
- 듣는 사람에게 내가 좋아하는 물건 소개하기

이야기 마당

남대문이 열렸어요

한줄실기

자기를 소개할 때는 똑바로 바라보며 또박또박 말해야 한다.

돌돌이를 만나다

"에잇! 내가 거의 다 이겼는데!"

동동이는 씩씩대며 책가방을 벗었어.

"이상하게 승철이하고만 붙으면 진다니까!"

승철이는 동동이네 반에서 게임을 가장 잘해.

게임이라면 동네에서 내로라하는 동동이도 승철이랑만 붙으면 끙끙.

동동이는 툴툴 짜증을 냈어.

"칫! 이게 다 엄마 때문이야!

엄마가 컴퓨터를 마음대로 쓰지 못하게 하니까 연습을 못 하잖아!"

그때 엄마가 방문을 열고 들어오셨어.

"동동아, 엄마 마트 다녀올게. 엄마 없다고 컴퓨터 하고 놀면 안 돼."

"엄마도 참! 나 숙제할 거야, 얼른 가요!"

하지만 동동이는 엄마가 나가시자마자 쪼르르 컴퓨터 앞으로 달려가 전원 버튼을 눌렀어.

윙!

어? 그런데 이게 웬일이야.

컴퓨터가 평소처럼 켜지지 않고 파란 화면만 깜빡깜빡.

동동이는 마우스를 이리저리 움직이고, 키보드를 톡톡 두드려 보았지.

하지만 파란 화면만 계속 깜빡깜빡.

"고장 났나 봐. 어떡해!"

동동이는 울상이 되었지.

그러다 갑자기 모니터에서 뭔가가 톡! 튀어나왔지 뭐야.
세상에! 그것은 아주 작은 도깨비였어!

"엄마야!"
동동이는 그만 뒤로 발라당!
작은 도깨비를 보고 화들짝 **놀랐거든.**

작은 도깨비는 두 손을 번쩍 들고
"와! 드디어 나왔다!"
몹시 **기뻐했어.**

하지만 동동이는 어쩔 줄 몰랐어.
너무 **무서워서** 목소리가 달달 떨렸지.
"너, 너 누구야?"
도깨비는 동동이를 보고 반갑게 인사했어.
"안녕!"

기분이 잘 드러나게 이야기해 보아요!

우리는 다음과 같이 여러 가지 기분을 느끼고 말할 수 있어요.

기뻐요 화나요 슬퍼요 지루해요 부끄러워요

우리가 겪은 일을 말할 때, 어울리는 기분을 함께 말하면 더욱더 생생하게 이야기할 수 있지요. 다른 사람의 이야기를 할 때도 마찬가지예요.

① 다른 사람이 그때 겪은 일이 무엇인지 생각해요.
② 어떤 기분을 느꼈을지 떠올려 봐요.
③ 왜 그런 기분을 느꼈는지 생각해요.
④ 그 기분에 어울리는 목소리와 표정으로 말해요.

“너, 너 어디서 왔어? 너, 너 여기가 어딘지 알아? 너, 너…….”

동동이는 더듬더듬 질문을 계속 해 댔어.

그러자 도깨비가 이맛살을 찌푸렸지.

“넌 인사도 할 줄 몰라? 난 인사했잖아!”

“어? 어, 그래. 미안. 잘 지냈어? 아, 아니. 오늘 날씨 맑지? 그게 아니라…….”

보다 못한 도깨비가 혀를 끌끌 찼어.

“우리는 지금 처음 만났잖아! 자, 날 따라해 봐. 안녕! 만나서 반가워!”

동동이는 머뭇머뭇 돌돌이를 따라했지.

“안녕. 만나서 반가워.”

똑똑하게 인사하기!

인사를 할 때는 하던 일을 잠시 멈추세요. 상대방을 똑바로 바라보고 밝은 표정으로 또박또박 공손하게 인사해요.

인사는 때와 장소, 상대에 맞게 해야 한답니다. 특히 어른께 인사할 때는 허리를 펴고 양다리와 두 손을 모아 반듯하게 서지요. 머리와 허리를 알맞게 숙이고 또렷한 목소리로 높임말을 써서 인사해야 해요.

어른을 만났을 때는 **"안녕하세요!", "잘 지내셨어요?"**
어른과 헤어질 때는 **"안녕히 가세요.", "안녕히 계세요.", "다음에 뵙겠습니다."**
학교 갈 때는 **"학교 다녀오겠습니다!"**
식사할 때는 **"잘 먹겠습니다."**
아빠가 회사에서 돌아오셨을 때는 **"안녕히 다녀오셨어요?"**
잠들기 전에 부모님께 인사할 때는 **"안녕히 주무세요."**
친구 사이에 인사할 때는 **"안녕!", "잘 지냈어?", "잘 가!", "또 보자.", "축하해.", "고마워.", "미안해."**

참! 때로는 말없이 고개만 숙이며 인사할 수도 있어요. 목욕탕에서 아는 사람을 만나거나 같은 사람을 하루에 여러 번 만났을 때는 말없이 고개를 숙이거나 미소를 살짝 짓는답니다.

"그래. 인사하니까 서로 기분 좋잖아."
도깨비는 싱긋 웃으며 말했어.
"난 돌돌이야. 도깨비 나라에서 놀러 왔어. 앞으로 잘 부탁해!"
동동이는 얼떨결에 고개를 끄덕였어.
"어? 어, 나도 잘 부탁해."

돌돌이는 동동이를 말똥말똥 보았어.
"넌 이름이 뭐야? 네 소개를 한번 해 봐."
동동이는 문득 반 아이들 앞에서 자기소개를 한 일이 생각났어.
그때 동동이가 우물거리자 선생님께서 이렇게 말씀하셨지.

"동동아, 친구들을 바라보며 자신 있게 말하렴."

동동이는 돌돌이를 똑바로 바라보았어.

그리고 천천히 또박또박 말했지.

“난 나리초등학교 1학년 3반 12번 박동동이야. 우리 집은 달래아파트 2단지 302동 1101호이고, 엄마랑 아빠랑 나랑 셋이 살아. 난 자전거 타기랑 컴퓨터 게임을 좋아하는데 둘 다 무지무지 잘해!”

돌돌이는 고개를 갸우뚱갸우뚱.

“자전거? 바퀴 두 개로 굴러다니는 물건이지?”

친구들에게 자기를 소개하기!

먼저 친구들에게 자기를 소개할 내용을 머릿속에 생각해 둔답니다. 이름이랑 사는 곳, 가족 관계, 가장 잘하는 일, 장래 희망 따위를 정리해 둔 다음, 친구들을 똑바로 바라보며 또박또박 이야기해요. 이때 말끝을 흐리거나 우물쭈물하지 않도록 조심해야지요. 자신 있는 태도로 씩씩하게 자기소개를 하면 친구들이 잘 기억할 수 있고, 서로 금방 친해질 수 있답니다.

"응! 아빠가 초등학교 입학 선물로 사 주셨어. 전체가 파란색이고 아주 튼튼해. 달릴 때 번쩍번쩍 빛이 들어와서 얼마나 멋지다고!"

동동이의 말에 돌돌이는 눈이 반짝 빛났어.

"우아! 나도 자전거를 타고 싶어!"

돌돌이는 등 뒤에서 요술 방망이를 꺼내더니…….

"울-랄랄라라! 울-랄랄라라! 나와라, 자전거!"

뚝딱!
펑!

똑똑하게 소개하기!

먼저 내가 소개할 대상을 친구들이 얼마나 알고 있는지, 어떤 부분을 궁금해할지 생각해 보아요. 만약 다 아는 내용을 이야기하거나 전혀 궁금해하지 않는 부분을 이야기한다면, 친구들이 들으면서 몹시 따분해할 테니까요.
소개하는 대상이 물건이라면 모양이나 쓰임새를 중심으로 이야기해요. 사람이라면 소개하려는 사람의 이름, 성격, 나이, 생김새와 잘하는 것, 그리고 하고 싶은 말을 하지요.
소개할 때는 듣는 사람이 한 번에 알아듣고 기억하기 쉽게 이야기해야 한답니다.

난데없이 작은 자전거 한 대가 나타났어.

"호이! 호이! 따르릉따르릉!"

돌돌이는 신 나서 자전거를 타고 빙글빙글.

"히히, 재미있다! 동동아, 좋은 거 알려 줘서 고마워."

그때였어.
현관문이 덜커덩 열리고 엄마가 들어오셨지.
“동동아, 엄마 왔다!”
“헉! 숨어!”
깜짝 놀란 동동이는 얼른 돌돌이를 품속에 쏙!
엄마는 동동이를 보고 고개를 갸우뚱했어.
“무슨 일 있었니?”
동동이는 씩 웃으며 고개를 도리도리.
“아니요, 아무 일도 없었어요.”
물론 품속에 숨은 작은 도깨비 돌돌이를 빼고!

나를 소개하고, 인사해 보자!

친구들에게 자기소개 하기

너무 큰 소리로 재빨리 말하면 안 돼.

우물쭈물해서도 안 돼.

말끝을 흐려서도 안 돼.

친구들 앞에서 나를 소개해 봐. 어떻게 해야 친구들이 내 말을 잘 알아들을까?

제일 먼저, 친구들에게 나를 소개할 말을 머릿속에 생각해 둬. 이름, 사는 곳, 가족 관계, 가장 잘하는 일, 장래 희망 등을 정리해.

그리고 친구들을 똑바로 바라보며 또박또박 말하는 거야. 그러면 네 친구들이 네 말을 잘 알아듣고, 너랑 금방 친해질 거야.

기분이 잘 나타나게 이야기하기

기쁜 얼굴

화가 난 얼굴

슬픈 얼굴

지루한 얼굴

부끄러운 얼굴

기분은 마음으로 느끼는 감정이야. 기쁘고, 화나고, 지루하고, 슬프고, 부끄러워하고, 억울하고, 귀찮아하고……. 이런 것들이 다 기분이야. 차갑거나 뜨겁다고 느끼는 건 기분이 아니야. 차갑거나 뜨겁다고 느끼는 건 마음이 아니라 몸으로 느끼는 거잖아.

다른 사람이 그때 겪은 일이 무엇인지 생각하고, 어떤 기분을 느꼈을지 떠올려 봐. 왜 그런 기분을 느꼈는지 생각하고, 그 기분에 어울리는 목소리와 표정으로 말해 봐. 그러면 다른 사람이 겪은 일이라도 아주 생생하고 재미나게 이야기할 수 있어.

똑똑하게 인사하기

인사를 잘하는 사람은 인기가 있어. 인사를 할 때는 하던 일을 잠시 멈추도록 해. 그리고 상대방을 똑바로 바라보고 밝은 표정으로 공손하게 인사해. 우물쭈물해서는 안 돼. 대충해서도 안 돼.

평상시

목욕탕에서

도서관에서

인사는 무조건 '꾸벅' 한다고 잘하는 게 아니야. 때와 장소, 상대에 맞게 해야 해. 목욕탕에서 아는 사람을 만났을 때에는 큰 소리로 인사하지 말고, 고개만 숙여. 같은 사람을 하루에 여러 번 만나면 가볍게 고개를 숙이거나 미소를 지어. 연주회나 도서관에서도 큰 소리를 내면 안 돼. 눈짓을 주고받거나 손을 가볍게 흔들어 인사하도록 해.

문제 마당

도전! 나도 백점

자기소개를 잘하는 친구는 누구?

1~5. 여기는 학교 교실이에요. 동동이는 친구들과 수업을 듣고 있어요. 선생님께서 친구들의 이름을 부르면서 한 명씩 자기소개를 하라고 했지요.

우물쭈물했어요.　　눈을 감았어요.　　고개를 푹 숙였어요.
싫어하는 친구를 말했어요.　　바른 자세와 큰 소리로 말했어요.

1. 영수는 자기소개를 왜 잘못했나요? 〈보기〉에서 까닭을 골라 보세요.

____

2. 혜원이는 자기소개를 왜 잘못했나요? 〈보기〉에서 까닭을 골라 보세요.

____

3. 민정이는 자기소개를 왜 잘못했나요? 〈보기〉에서 까닭을 골라 보세요.

____

4. 철수는 자기소개를 왜 잘못했나요? 〈보기〉에서 까닭을 골라 보세요.

5. 동동이는 자기소개를 왜 잘했나요? 〈보기〉에서 까닭을 골라 보세요.

내 이름은 동동이고요.
좋아하는 음식은 불고기예요.
내가 잘하는 것은 컴퓨터예요.

어떤 기분일까?

동동이는 아이스크림을 먹어서 무척 기뻐요.

6. 영수는 어떤 기분일까요? 〈보기〉와 같이 까닭을 써 보세요.

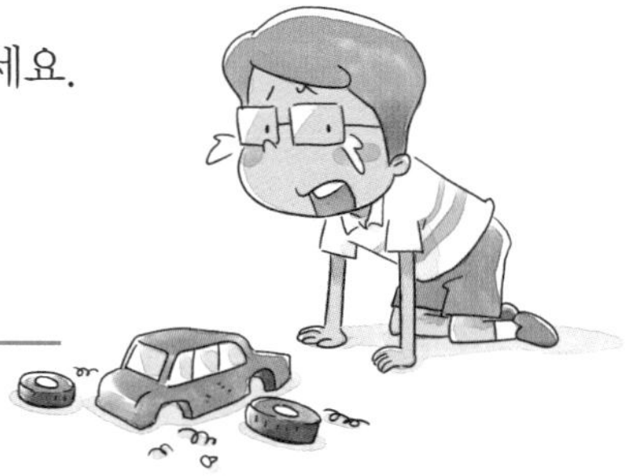

영수는 ______________________

7. 혜원이는 어떤 기분일까요?

혜원이는 ______________________

8. 동동이는 어떤 기분일까요?

동동이는 ______________________

어떤 것을 소개하는 걸까?

9~11. 동동이가 친구들 앞에서 이야기를 하고 있어요.

동동: 우리 집에는 컴퓨터가 있어요. 컴퓨터는 검은색이고, 모니터는 아주 커요. 재미있는 게임들도 들어 있어요. 키보드와 마우스도 달려 있어요.

영수: 컴퓨터에 대해 소개하는구나.
민정: 손으로 두드리는 것을 키보드라고 하는구나.
혜원: 동동이는 컴퓨터로 무엇을 할까?
철수: 동동이네 컴퓨터는 얼마일까?

9. 동동이는 지금 무엇을 소개하고 있나요?

10. 동동이의 설명을 듣고 궁금하다고 생각한 친구는 누구일까요? 두 친구의 이름을 적어 보세요.

11. 동동이의 설명을 듣고 새로운 것을 알게 된 친구는 누구일까요? 그리고 그 새로운 것은 무엇일까요?

정 답

1. 우물쭈물했어요. 2. 눈을 감았어요. 3. 고개를 푹 숙였어요. 4. 싫어하는 친구를 말했어요. 5. 바른 자세와 큰 소리로 말했어요. 6. 장난감이 망가져서 슬퍼요. 7. 미끄럼틀을 타고 있어서 즐거워요. 8. 책을 읽는 게 지루해요. 9. 컴퓨터 10. 혜원, 철수 11. 민정, 키보드

'읽기' 도 자신 있어!

공부할 내용

- 낱말 알기
- 같은 글자 있는 낱말 알기
- 글자 짜임과 자음 · 모음 알기
- 받침 알기
- 흉내 내는 말 알아보기

몸으로 글자 만들기

자음과 모음이 만나면 글자가 만들어져. 오늘은 몸으로 글자를 만들어 보자.
민정이, 철수, 영수는 자음 친구.
혜원이, 기현이, 인준이, 명수는 모음 친구.
민정이와 혜원이가 만나니까 '가' 가 되었구나. 잘했다!
철수와 혜원이가 만나 '자' 를 만들었구나. 잘했어!

한줄읽기

글자는 자음 + 모음 + 자음으로 만들어진다.

스토리 텔링

엄마 구출 대작전

"동동아! 엄마가 게임 그만하랬지!"

오늘도 엄마는 쨍쨍 소리 지르며 동동이를 나무랐어.

"알았어요. 그만하면 되잖아요."

동동이는 입을 비죽이며 자리에서 일어났지.

하지만 엄마는 잔소리를 멈추지 않았어.

"이번에 성적 또 떨어졌지? 맨날 공부 안 하고 게임만 하니까 그렇지.

동동이 너, 성적 오를 때까지 컴퓨터 금지야. 알았어?"

순간 동동이는 화가 나서 소리를 **빽!**

"엄마 미워! 차라리 엄마가 게임 속으로 사라졌으면 좋겠어!"

어머나, 세상에! 이게 웬일이야.
동동이의 말이 끝나자마자 갑자기 **펑!**
엄마가 흔적도 없이 사라져 버렸지 뭐야.
"엄마! 엄마! 돌돌아, 빨리 나와 봐! 엄마가 없어졌어!"

그러자 컴퓨터 속에서 돌돌이가 톡!

"컴퓨터가 네 말을 듣고 너희 엄마를 꿀꺽 삼켜 버린 거야."

동동이는 울먹울먹 말했지.

"돌돌아, 엄마를 되찾아야 해! 도와줘!"

돌돌이는 등 뒤에서 요술 방망이를 **쑥!**

"나랑 게임 속으로 들어가서 엄마를 찾아오자."

"울-랄랄라라! 울-랄랄라라! 열려라, 문!"

뚝딱!
펑!

컴퓨터 모니터에 동그란 빛의 구멍이 생겼어.
"자, 동동아! 가자!"
돌돌이는 동동이의 손을 잡고 빛의 구멍 속으로 **풍덩!**
"여기가 대체 어디야?"
동동이는 주변을 둘레둘레 살폈지.
사방에 낱말들이 둥실둥실.
"우리는 낱말 게임 안에 들어왔어. 낱말 게임을
세 번 해서 다 이기면 엄마를 찾을 수 있어!"
돌돌이가 말하자 동동이는 힘차게 고개를 끄덕였어.
"그래, 어서 시작하자!"

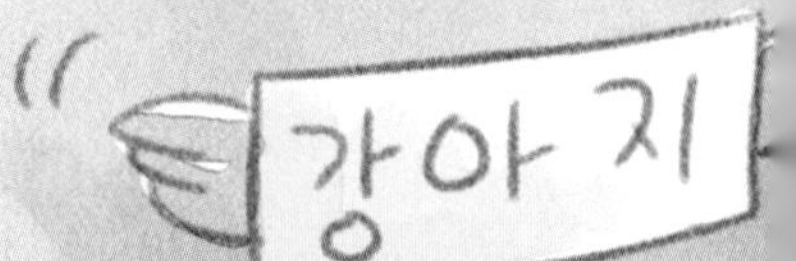

선생님
공룡
개구리

첫 번째 게임이 시작되었어.
먼저 돌돌이가 말했지.
“사방에 둥둥 떠다니는 낱말들을 보고, 같은 글자로 끝나는 낱말들만 골라내면 돼.”

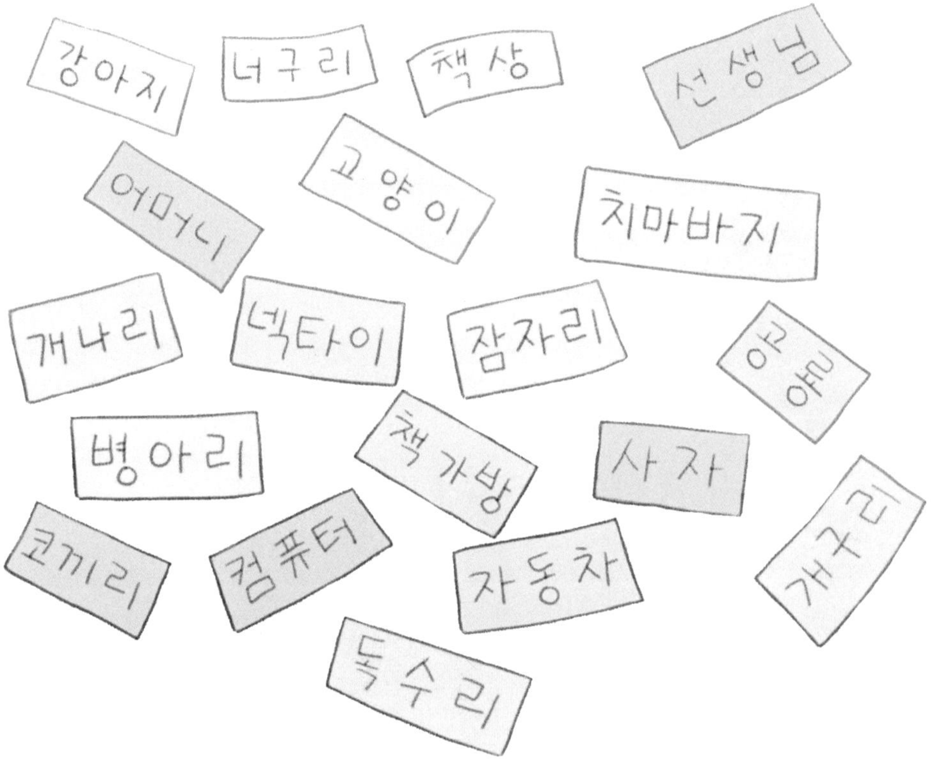

동동이는 재빨리 낱말들을 훑어보았어.
‘너구리, 병아리, 잠자리…….’

째깍째깍…….
시간이 흐르고 마침내 돌돌이가 외쳤어.
"동동아! 정답은?"
"너구리, 개나리, 잠자리, 병아리, 코끼리, 개구리, 독수리!"

딩동댕!

돌돌이가 기쁜 얼굴로 말했어.
"잘했어! 이제 두 번째 게임으로 넘어가자."

이번에는 아까보다 훨씬 복잡했어.
낱말이 아니라 자음과 모음이 둥둥 떠다녔거든.
돌돌이는 자음과 모음을 가리키며 말했지.
“동동아, 자음과 모음을 더해서 글자를 만든 다음,
글자들을 모아 낱말을 만들면 돼. 준비, 시작!”

ㅂ ㅏ ㄷ ㅏ	ㅂ + ㅏ = 바
	ㄷ + ㅏ = 다
ㅇ ㅜ ㅇ ㅠ	ㅇ + ㅜ = 우
	ㅇ + ㅠ = 유
ㅅ ㅣ ㄴ ㅂ ㅏ ㄹ	ㅅ + ㅣ + ㄴ = 신
	ㅂ + ㅏ + ㄹ = 발

동동이는 힘차게 소리쳤어.
“바다! 우유! 신발!”

딩동댕!

돌돌이는 좋아서 폴짝폴짝 뛰었어.
“이제 마지막 게임이야. 한 번만 더 이기면 돼!”

글자를 만들 수 있어요!

글자는 자음과 모음으로 이루어져 있어요. 자음과 모음을 옆으로 이어서 글자를 만들 수도 있고, 위아래로 이어서 만들 수도 있지요.

ㄴ + ㅏ = 나
ㅂ + ㅣ = 비

자음 옆에 모음을 놓아 '나'와 '비'라는 글자를 만들어요. 그리고 이 두 글자를 모아 '나비'라는 낱말을 만들 수 있지요. 팔랑팔랑 날아다니는 나비요!

ㅍ	ㄷ
+ ㅗ	+ ㅗ
포	도

자음 아래 모음을 놓아 '포'와 '도'라는 글자를 만들고, 두 글자를 모아 '포도'라는 낱말을 만든답니다. 새콤하고 달콤한 포도요!
받침이 있는 글자를 만드는 일도 아주 쉬워요. 자음과 모음으로 만든 글자 아래 자음을 한 번 더 놓으면 되거든요.

다	소
+ ㄹ	+ ㄴ
달	손

한글표

모음자 / 자음자	ㅏ(아)	ㅑ(야)	ㅓ(어)	ㅕ(여)
ㄱ(기역)	가	갸	거	겨
ㄴ(니은)	나	냐	너	녀
ㄷ(디귿)	다	댜	더	뎌
ㄹ(리을)	라	랴	러	려
ㅁ(미음)	마	먀	머	며
ㅂ(비읍)	바	뱌	버	벼
ㅅ(시옷)	사	샤	서	셔
ㅇ(이응)	아	야	어	여
ㅈ(지읒)	자	쟈	저	져
ㅊ(치읓)	차	챠	처	쳐
ㅋ(키읔)	카	캬	커	켜
ㅌ(티읕)	타	탸	터	텨
ㅍ(피읖)	파	퍄	퍼	펴
ㅎ(히읗)	하	햐	허	혀

ㅗ(오)	ㅛ(요)	ㅜ(우)	ㅠ(유)	ㅡ(으)	ㅣ(이)
고	교	구	규	그	기
노	뇨	누	뉴	느	니
도	됴	두	듀	드	디
로	료	루	류	르	리
모	묘	무	뮤	므	미
보	뵤	부	뷰	브	비
소	쇼	수	슈	스	시
오	요	우	유	으	이
조	죠	주	쥬	즈	지
초	쵸	추	츄	츠	치
코	쿄	쿠	큐	크	키
토	툐	투	튜	트	티
포	표	푸	퓨	프	피
호	효	후	휴	흐	히

돌돌이는 동동이에게 낱말 카드 뭉치를 주었어.
"마지막은 짝 맞추기 게임이야.
대상을 보고 알맞은 낱말 카드를 고르면 돼."
동동이는 카드 뭉치를 꼭 움켜쥐었지.
'꼭 이겨서 엄마를 되찾겠어!'
곧 마지막 게임이 시작되었어.
먼저 흰 토끼 한 마리가 [ ] 뛰어왔지.
'토끼, 토끼가 어떻게 뛰더라?'
동동이는 서둘러 낱말 카드를 찾았어.
'깡충깡충!'
번개처럼 '깡충깡충' 낱말 카드를 뽑아 **휙**!

'깡충깡충' 낱말 카드가 흰 토끼에게 날아가더니 **펑!**
거북이로 변했어.
동동이는 다시 낱말 카드를 찾았지.
'거북이는 엉금엉금 기어 다녀!'
잽싸게 '엉금엉금' 낱말 카드를 골라 **휙!**

모양을 흉내 내는 말

흉내 내는 말에는 두 가지 종류가 있어요. 하나는 모양을 흉내 내는 말이고, 다른 하나는 소리를 흉내 내는 말이지요.
모양을 흉내 내는 말은 사물의 모습이나 움직임을 흉내 내어 표현한 말이랍니다.

데굴데굴 – 구르는 모습
폴짝폴짝 – 뛰는 모습
오물오물 – 먹는 모습
뒤뚱뒤뚱 – 걷는 모습
대롱대롱 – 매달린 모습
살랑살랑 – 흔들리는 모습

펑!

개구리로 변했어.
그런데 개구리가 꼼짝하지 않고 입만 오므렸다 폈다 하지 않겠어?
'아, 개구리는 개굴개굴 울지!'
동동이는 '개굴개굴' 낱말 카드를 집어 **휙!**

펑!

이번에는 고양이로 변했지 뭐야.
동동이는 후다닥 '야옹야옹' 낱말 카드를 뽑았어.
'고양이는 야옹야옹 소리를 내!'
'야옹야옹' 낱말 카드를 **휙!**

소리를 흉내 내는 말

흉내 내는 말의 한 종류예요. 사물의 소리를 흉내 내어 표현한 말이지요. 우리 주변에는 다양한 소리를 흉내 낸 말들이 있어요.

삐뽀삐뽀 – 구급차 소리
콜록콜록 – 기침 소리
음매음매 – 소 울음소리
뛰뛰빵빵 – 자동차 소리
응애응애 – 아기 울음소리
똑똑 – 문 두드리는 소리
멍멍 – 강아지 소리
맴맴 – 매미 울음소리
짹짹 – 참새 소리
꿀꿀 – 돼지 소리

펑펑!

갑자기 보랏빛 연기가 자욱하게 깔리더니 달콤한 향기가 훅 풍겨 왔어.
순간 동동이는 머리가 어질어질했지.
"동동아! 정신 차려!"
돌돌이가 큰 소리로 외치며 방망이를 휘둘렀어.
"울-랄랄라라! 울-랄랄라라! 열려라, 문!"

뚝딱!
펑!

아까처럼 동그란 빛의 구멍이 생겼어.
"동동아, 어서 돌아가자!"
"안 돼! 아직 엄마를 못 찾았어!"
"걱정 마. 너희 엄마는 이미 돌아가 계셔."

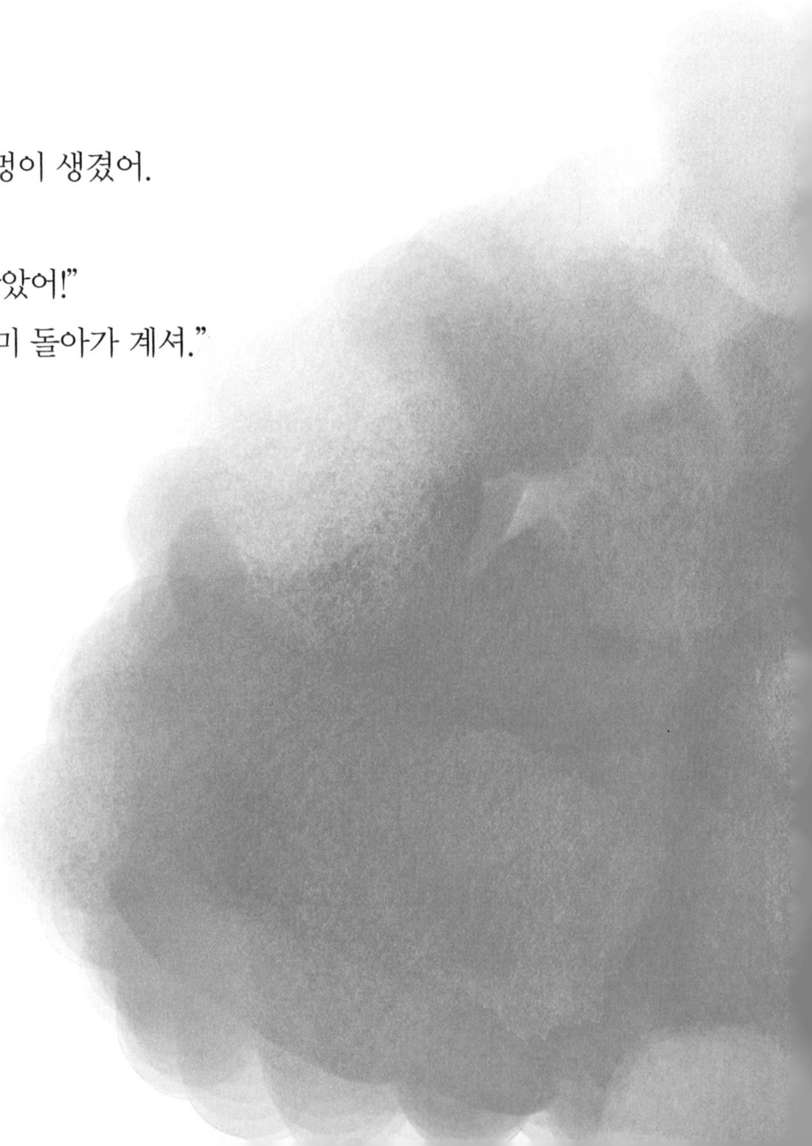

돌돌이는 동동이의 등을 확 밀었어.
둘은 다시 빛의 구멍 속으로 **풍덩!**

“어푸어푸! 안 돼! 엄마! 엄마!”

동동이는 있는 힘껏 바락바락 소리를 질렀어.

바로 그때!

“동동아, 이제 그만 일어나렴.”

귓가에서 엄마 목소리가 들리지 않겠어?

동동이는 깜짝 놀라 눈을 반짝 떴어.

그랬더니…….

"엄마!"

그래, 엄마가 돌아와 계셨어!

동동이는 발딱 일어나 엄마에게 와당탕 달려갔단다.

"엄마! 사랑해요! 이제 엄마 속 안 썩이고 말 잘 들을게요!"

엄마는 동동이를 꼭 안아 주셨지.

"응. 우리 아들! 엄마도 사랑해."

알맹이 마당

글자를 만들고, 바르게 써 보자!

글자를 만들어 보자.

글자는 자음과 모음이 만나서 만들어져.

ㅂ + ㅏ = 바
ㄷ + ㅏ = 다

'바'는 ㅂ과 ㅏ가 만나 만들어진 글자야. '다'는 ㄷ과 ㅏ가 만나 만들어진 글자야.

받침이 있는 글자도 만들 수 있어. 자음과 모음으로 만든 글자 아래 자음을 하나 더 놓으면 되거든.

가	소
+ ㅁ	+ ㄴ
감	손

바르게 써 보자.

자음자와 모음자는 바르게 써야 해. 그러면 글씨를 잘 쓸 수 있고, 또 글씨를 빨리 쓸 수 있거든.

자음자를 쓰는 순서는 보통 왼쪽에서 오른쪽으로, 위에서 아래로 써.

'ㄱ, ㄴ, ㅇ'은 연필을 떼지 말고 한 번에 써야 해.

모음자를 쓰는 순서는 보통 왼쪽에서 오른쪽으로, 위에서 아래로 써.

'ㅣ, ㅡ'는 연필을 떼지 말고 한 번에 써야 해.

흉내 내는 말

흉내 내는 말에는 모양을 흉내 내는 말과 소리를 흉내 내는 말이 있어.
모양을 흉내 내는 말은 사물의 모습이나 움직임을 흉내 내는 말이야.

데굴데굴 – 구르는 모습
폴짝폴짝 – 뛰는 모습
오물오물 – 먹는 모습
대롱대롱 – 매달린 모습
뒤뚱뒤뚱 – 걷는 모습
살랑살랑 – 흔들리는 모습

소리를 흉내 내는 말은 사물의 소리를 흉내 내는 말이야.

삐뽀삐뽀 – 구급차 소리
콜록콜록 – 기침 소리
멍멍 – 강아지 소리
음매음매 – 소 울음소리
똑똑 – 문 두드리는 소리
맴맴– 매미 울음소리

흉내 내는 말을 써서 말하면 듣는 사람은 소리를 더 생생하게 들을 수 있어. 또 실감 나고 재미있게 들을 수 있지.

문제 마당

도전! 나도 백점

동물과 사람, 물건을 세어 볼까?

1~4. 동동이는 가족들과 동물원에 갔어요. 사자를 구경하러 갔지요. 동동이는 하나, 둘 세어 보았어요. 그림을 보고 ( ) 안에 알맞은 낱말을 써 보세요.

1. 우리 안에 사자 두 (   )가 있었어요.

2. 사람은 세 (   )이 구경하고 있었어요.

3. 나무가 두 (   ) 있었어요.

4. 의자가 한 (   ) 있었지요.

5. 사자, 의자처럼 **자**로 끝나는 낱말이 아닌 것을 골라 보세요.

① 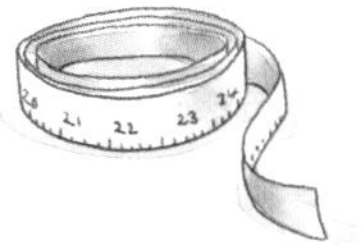

줄___

② 

과___

③ 

왕___

④ 

구___ ___

글자를 만들어 볼까?

6~7. 〈보기〉처럼 ( ) 안에 자음과 모음 이름을 써 보세요.

> 팔랑팔랑 날아다니는 것은 무엇일까?
> → ㄴ(니은) + ㅏ(아) ㅂ(비읍) + ㅣ(이)

6. 민정이가 치는 악기의 이름은 무엇일까요?

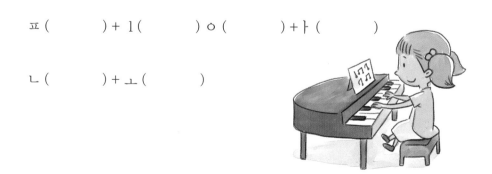

ㅍ (   ) + ㅣ (   ) ㅇ (   ) + ㅏ (   )

ㄴ (   ) + ㅗ (   )

7. 철수가 먹는 것은 무엇일까요?

ㅅ (　　　　) + ㅏ (　　　　)

ㄱ (　　　　) + ㅗ (　　　　) + ㅏ (　　　　)

8. 돌돌이가 타는 것은 무엇일까요?

□ (　　　　) + □ (　　　　)

□ (　　　　) + □ (　　　　) + □ (　　　　)

□ (　　　　) + □ (　　　　)

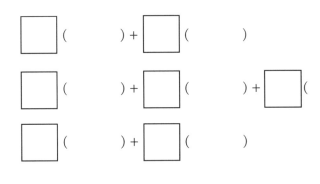

흉내 내는 말을 바르게 써 보자.

9~12. 동동이는 학교에 가고 있었어요. 학교 가는 길에 아기와 자동차, 태극기, 선생님을 만났어요. 동동이는 흉내 내는 말을 써서 표현했어요. 하지만 모두 틀리고 말았지요. 〈보기〉를 보고 흉내 내는 말을 바르게 써 보세요.

펄럭펄럭	아장아장	뛰뛰빵빵	도리도리

9. 아기가 **꿈틀꿈틀** 걸어옵니다.

____

10. 자동차가 **방긋방긋** 소리를 냅니다.

____

11. 태극기가 **살금살금** 휘날립니다.

____

12. 선생님께서 **복슬복슬** 고개를 흔들었습니다.

____

정답

1. 마리 2. 명 3. 그루 4. 개 5. ④ 6. 피읖, 이, 이응, 아, 니은, 오 7. 시옷, 아, 기역, 오, 아
8. ㅈ, 지읒, ㅏ, 아, ㅈ, 지읒, ㅓ, 어, ㄴ, 니은, ㄱ, 기역, ㅓ, 어 9. 아장아장 10. 뛰뛰빵빵 11. 펄럭펄럭 12. 도리도리

'쓰기' 배우는 날

공부할 내용

- 알맞게 띄어 읽기
- 문장부호 쓰임
- 틀린 글자 고쳐 쓰기
- 잘못 쓴 글자 고쳐 쓰기
- 소리와 글자가 다른 낱말 바르게 쓰기
- 따옴표 알아보기

받아쓰기 빵점

오늘 받아쓰기 시험 봐요.
귀를 쫑긋 세우고, 정신 바짝 차려서 선생님 말씀하시는 대로 받아서 써.
백점 맞으면 아이스크림 사 주마.
야호!
빵점 맞으면 회초리가 춤을 출 줄 알아라.
이크!
받아쓰기 시험 준비됐지? 선생님이 불러 주는 말을 잘 받아 적도록 해라.
귀를 쫑긋 세우고! 정신 바짝 차리고! 선생님 말씀하시는 대로 받아 적자!
여름에.
여르메.

한줄읽기

소리와 글자가 다른 낱말은 소리 나는 대로 쓰면 잘못 쓰는 것이다.

스토리 텔링

컴퓨터 바이러스와 한판 승부

"동동아, 큰일 났어. 빨리 일어나!"

"으으, 왜?"

동동이는 졸린 눈을 비비며 부스스 일어났어.

시계를 보니 아직 새벽 2시였지.

"돌돌아, 나 아침에 학교 가야 해."

"안 돼! 지금 컴퓨터 안에 바이러스가 쳐들어왔어!"

"뭐라고? 바이러스?"

동동이는 깜짝 놀라 벌떡 일어났어.

그러자 돌돌이가 몸을 부르르 떨며 말했지.

"바이러스가 컴퓨터 안을 마구 들쑤셔서 잠을 못 자겠어.
동동아, 도와줘. 응?"

하지만 동동이는 고개를 설레설레 저었지.

"휴, 난 바이러스를 치료할 줄 몰라."

"괜찮아! 나랑 컴퓨터 안으로 들어가서 바이러스를 물리치면 돼!"

돌돌이는 등 뒤에서 방망이를 **쑥!**

"울-랄랄라라! 울-랄랄라라! 열려라, 문!"

뚝딱!

펑!

지난번처럼 컴퓨터 모니터에 동그란 빛의 구멍이 생겼어.
"동동아, 어서 따라와!"
돌돌이는 동동이에게 손짓하며 먼저 빛의 구멍 속으로 **쏙!**
동동이는 엉거주춤 돌돌이를 따라 들어갔지.

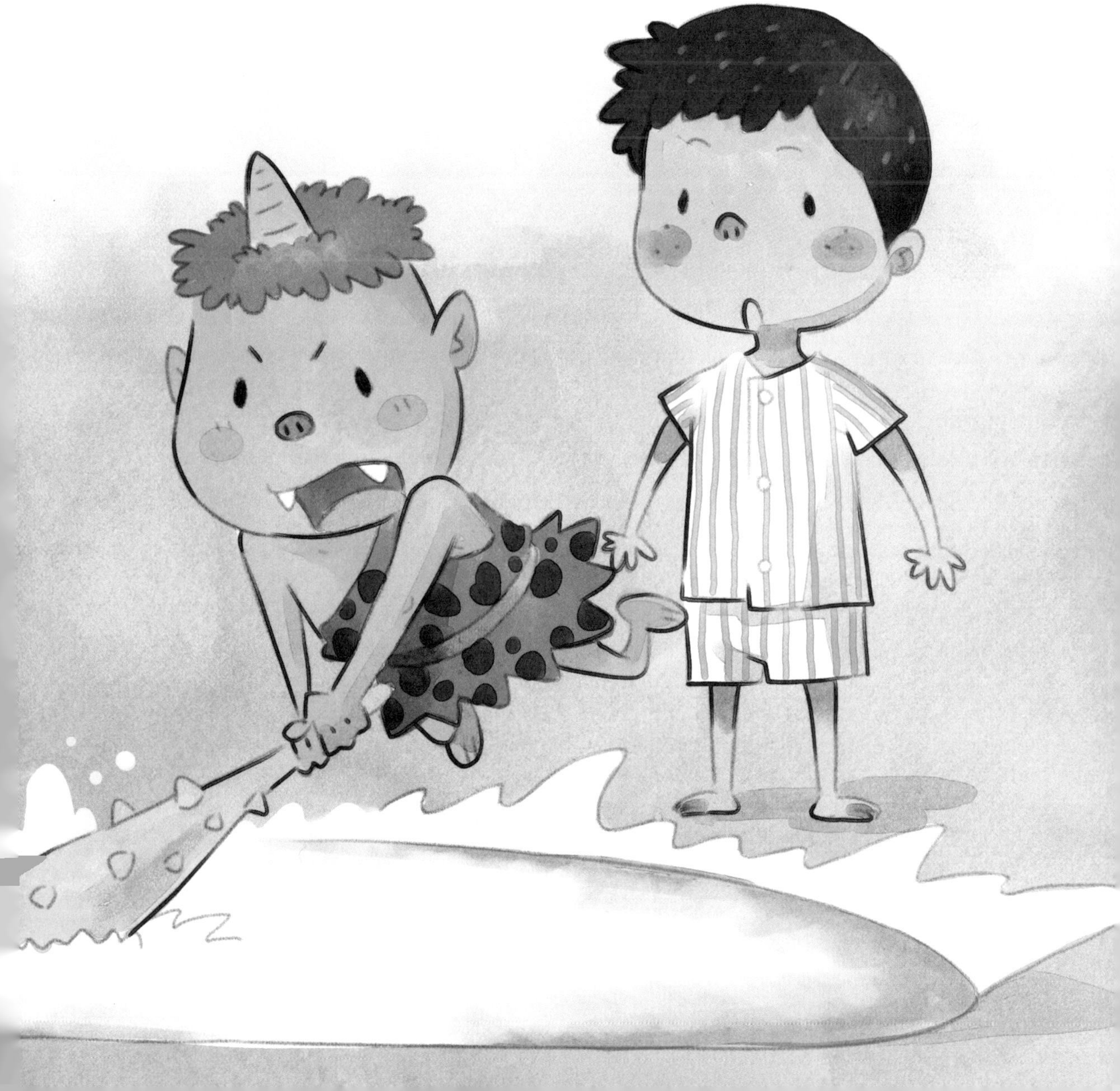

컴퓨터 안은 몹시 어두침침했어.
마치 얇은 검은색 장막을 둘러친 듯했지.
동동이는 고개를 갸웃갸웃했어.
"지난번에는 이렇게 어둡지 않았는데……."
그러자 돌돌이가 한숨을 폭 쉬었어.
"검은 바이러스 때문이야. 검은 바이러스가 빛을 빨아먹고 있거든."

돌돌이는 동동이에게 새총과 구슬이 든 통을 주었어.
“동동아, 내가 요술 방망이로 바이러스를 공격하면
바이러스가 글자들을 마구 토해 낼 거야.
그때 새총으로 글자 사이사이에 구슬을 쏘아.”

"아무 구슬이나 쏴도 돼?"

동동이가 묻자 돌돌이는 고개를 홱홱 저었어.

"안 돼! 잘 보면 구슬에 각각 부호가 새겨져 있어."

"쐐기표랑 겹쐐기표는 띄어 읽기 표시야. 글을 띄어 읽을 곳에 쏴!"

"온점 구슬은 문장의 끝에, 반점 구슬은 부르는 말 뒤에 쏘고!"

"느낌표 구슬은 느낌을 나타낼 때, 물음표 구슬은 물어보는 말 뒤에 쏘고."

"큰따옴표 구슬은 직접 한 말 앞뒤에, 작은따옴표 구슬은

속으로 생각하는 말 앞뒤에 쏴야 해! 자, 그럼 간다!"

글을 띄어 읽는 방법을 알아보아요!

∨ **쐐기표**

➡ 쐐기표가 있는 곳은 조금 쉬어 읽어요.

≫ **겹쐐기표**

➡ 겹쐐기표가 있는 곳은 쐐기표보다 조금 길게 쉬어 읽지요.

글을 정확히 띄어 읽어야 뜻을 헷갈리지 않고 바르게 알 수 있답니다.

여러 문장부호를 알아보아요!

. 온점

→ 문장 끝에 써요. 끝을 내려 읽고, 조금 길게(⩔) 띄어 읽어요.

, 반점

→ 부르는 말 뒤에 써요. 온점, 느낌표, 물음표보다 짧게(∨) 띄어 읽어요.

! 느낌표

→ 느낌을 나타내는 문장 끝에 써요. 느낌을 살려 읽고, 조금 길게(⩔) 띄어 읽어요.

? 물음표

→ 묻는 문장 끝에 써요. 끝을 올려 읽고, 조금 길게(⩔) 띄어 읽어요.

“ ” 큰따옴표

→ 인물이 한 말을 옮겨 적을 때 써요. 말하듯 실감나게 읽지요.

‘ ’ 작은따옴표

→ 인물이 마음속으로 생각하는 말을 드러내어 옮겨 적을 때 써요. 혼자 생각하듯 조금 작게 읽어요.

돌돌이는 요술 방망이를 쓱 꺼내들었어.

"울-랄랄라라! 울-랄랄라라! 받아라, 빛!"

뚝딱!
번쩍!

눈부신 빛이 확 쏟아졌어.

그러자 검은 바이러스들이 꿈틀대며 소리를 질렀지.

"꾸에엑!"

아버지가방에들어가셨다

바이러스들이 글자를 토하자마자 동동이는 냅다 새총을 쏘았어.
'쐐기표랑 온점 구슬!'

아버지 ∨ 가방에 ∨ 들어가셨다.

그러자 돌돌이가 소리를 꽥 질렀지.
"동동아! 틀렸어! 아버지가 왜 가방에 들어가!"
"아차차!"
동동이는 서둘러 새총을 다시 쏘았어.

아버지가 ∨ 방에 ∨ 들어가셨다.

다시 바이러스들이 발버둥을 치며 글자들을 막 토했어.

“꾸에에엑!”

이가너무아팠다나는울면서말했다아이가너무아파요

동동이는 얼른 구슬을 골라 들었지.

‘이번에도 쐐기표랑 온점 구슬이구나!’

힘차게 새총을 팡팡!

이가 ∨ 너무 ∨ 아팠다.나는 ∨ 울면서 ∨ 말했다.
아이가 ∨ 너무 ∨ 아파요.

하지만 이번에는 글자들이 꿈틀꿈틀 점점 커지지 뭐야.

동동이는 깜짝 놀라 글자들을 살펴보았어.

‘아하! 겹쐐기표랑 느낌표랑 큰따옴표 구슬이 빠졌네!’

얼른 새 구슬로 새총을 팡팡!

이가 ∨ 너무 ∨ 아팠다. ⩔
나는 ∨ 울면서 ∨ 말했다. ⩔
“아! ⩔ 이가 ∨ 너무 ∨ 아파요.”

그러자 바이러스가 한 무더기나 싹 사라졌어.

동동이는 좋아서 펄쩍펄쩍!

“아자! 바이러스들을 물리쳤다!”

그때 돌돌이가 크게 소리쳤어.

“동동아, 조심해! 아직 바이러스들이 남아 있어!”

돌돌이는 동동이에게 또 다른 구슬 통을 **휙!**
"바이러스들이 잘못된 글자를 토하면 바른 글자 구슬을 쏘아 맞혀!"
돌돌이의 말이 끝나자마자 남은 바이러스들이 꾸물꾸물 글자들을 토했어.

"꾸엑! 꾸에엑!"

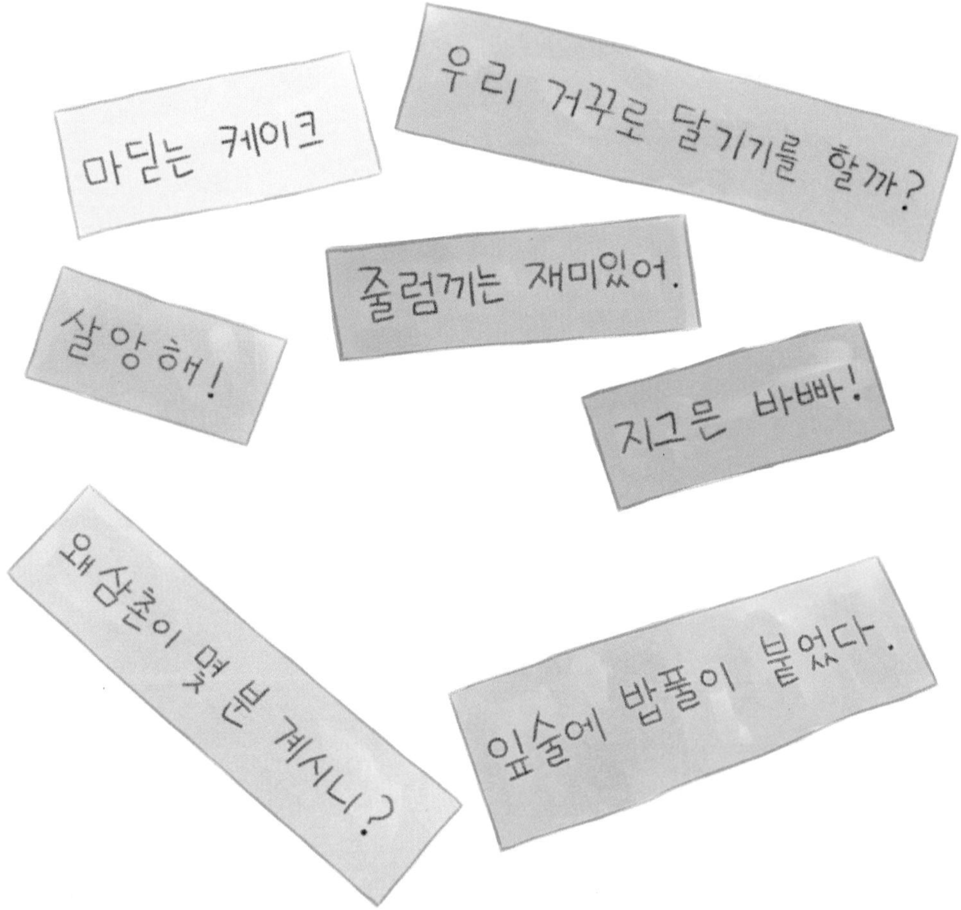

동동이는 냉큼 글자 구슬들을 꺼냈어.
줄을 쭉 잡아당겨서 새총을 **팡팡**!

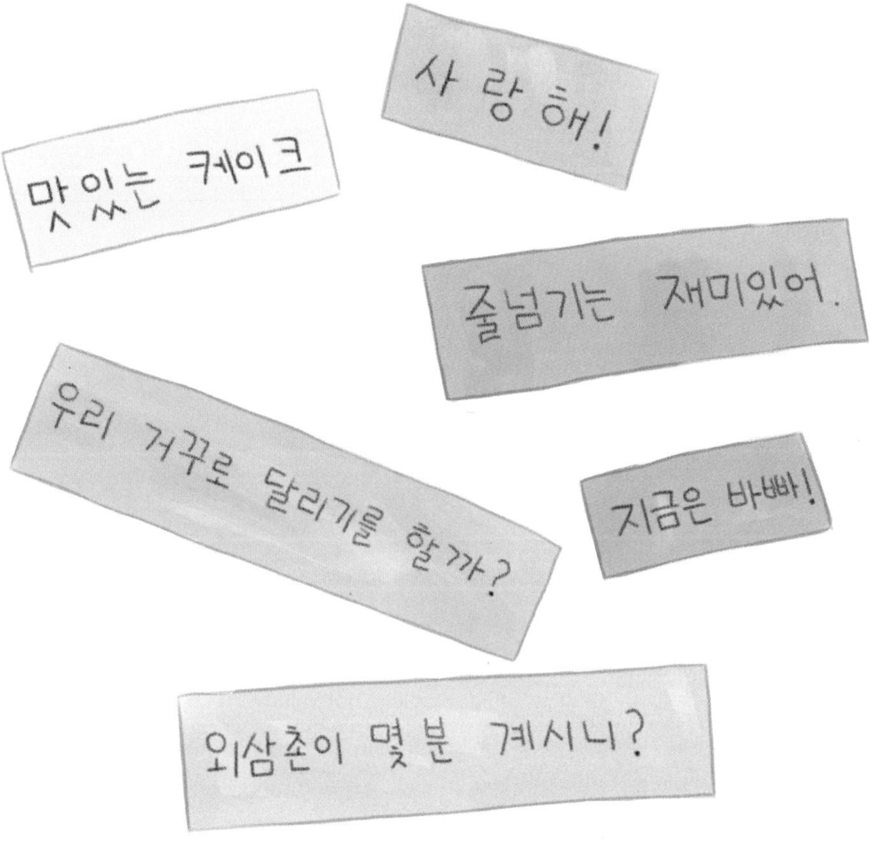

바른 글자 구슬을 쏘아 맞힐 때마다
검은 바이러스들이 무더기로 사라졌지.
돌돌이가 큰 소리로 응원했어.
"동동아, 얼마 안 남았어! 조금만 더 힘을 내!"

"이제 마지막이다!"
동동이는 '입' 글자 구슬을 힘차게 쏘았어!

팡!

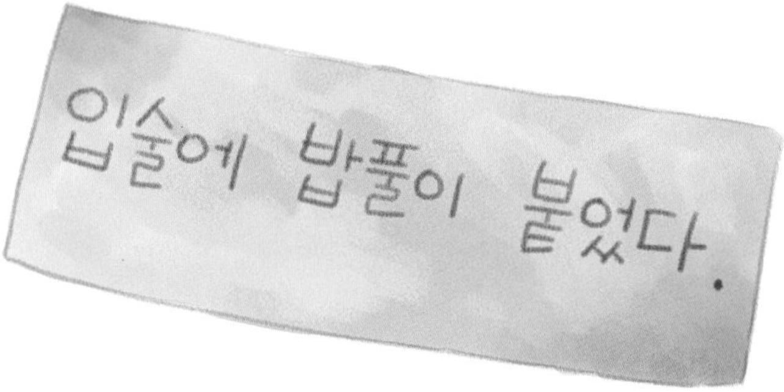

드디어 마지막 바이러스까지 싹 물리쳤어.
"동동아, 정말 잘했어! 네가 바이러스를 물리쳤어. 컴퓨터를 고쳤다고!"
돌돌이는 싱글벙글하며 동동이를 칭찬했단다.

"자, 이제 돌아가자. 울-랄랄라라! 울-랄랄라라! 열려라, 문!"

뚝딱!
펑!

글자를 왜 바르게 써야 할까요?

글자를 소리 나는 대로 쓰거나 틀리게 쓰면 다른 사람이 알아볼 수 없거든요. 내가 하고 싶은 이야기를 정확하게 나타내고, 다른 사람들이 글을 쉽게 읽고 이해할 수 있으려면 글자를 바르게 써야 한답니다.

"아함, 졸려."
다시 방으로 돌아온 동동이는 하품을 하며 침대 속으로 쏙!
막 눈을 감고 잠들려는 순간.
"박동동! 학교 가야지! 늦었어. 얼른 일어나!"
어머나, 세상에!
그사이 날이 밝아 아침이 되었지 뭐야.
동동이는 눈이 왕방울만 해져서 소리를 **꽥!**

"으악! 난 몰라, 내 잠 돌려줘!"

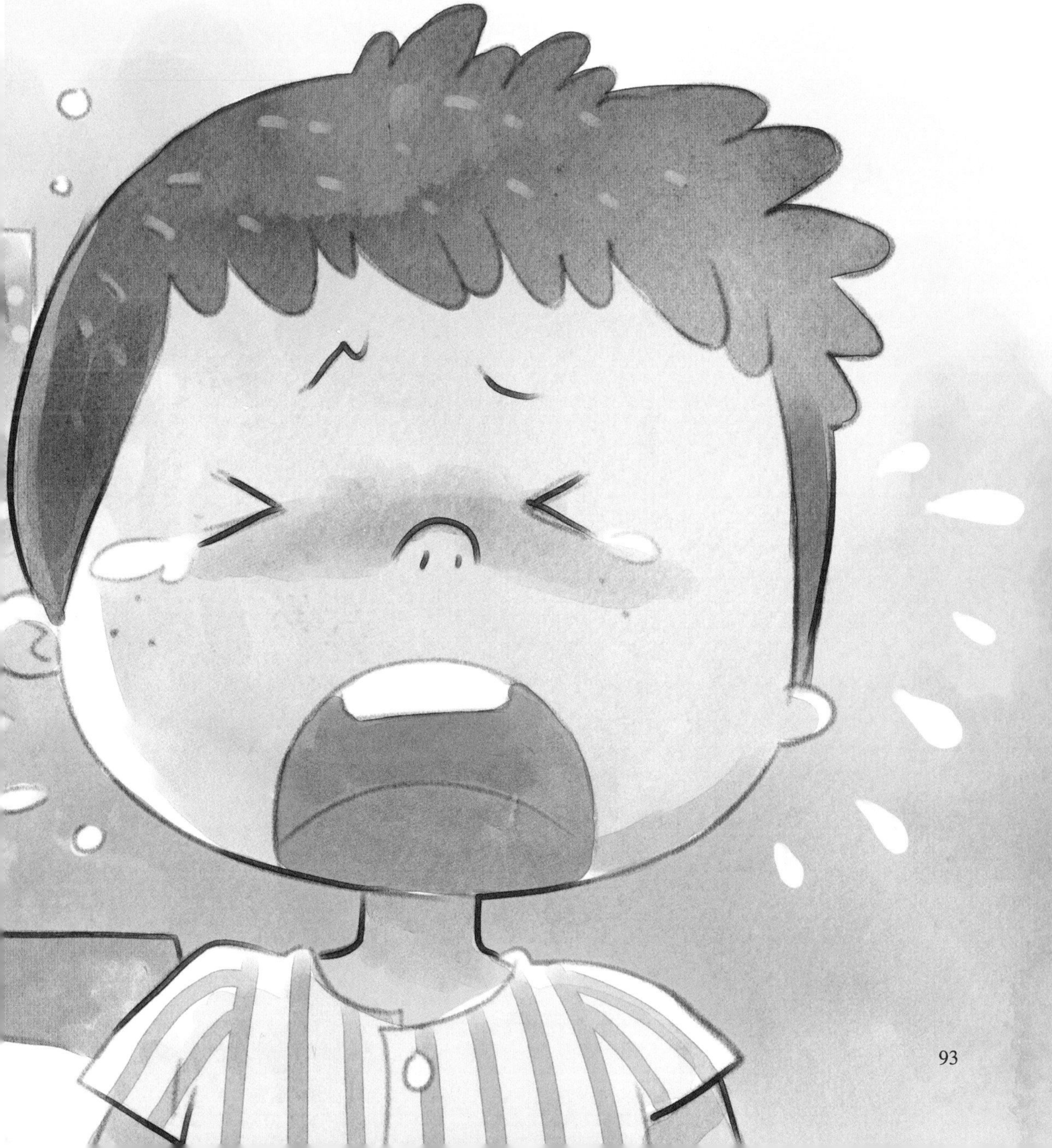

바르게 낱말을 써 보자!

글을 띄어 읽기

글을 정확히 띄어 읽어야 뜻을 헷갈리지 않고 바르게 알 수 있어. 그러려면 문장부호를 잘 알아야 해. 문장부호에 맞춰 알맞게 띄어 읽으면 뜻을 분명히 알 수 있어.

∨ 쐐기표

쐐기표가 있는 곳은 조금 쉬어 읽도록 해.

⩔ 겹쐐기표

겹쐐기표가 있는 곳은 쐐기표보다 조금 길게 쉬어 읽어야 해.

꼭 알아야 할 문장부호들

. 온점

문장 끝에 써. 끝을 내려 읽고, 조금 길게(⩔) 띄어 읽도록 해.

, 반점

부르는 말 뒤에 써. 온점, 느낌표, 물음표보다 짧게(∨) 띄어 읽어.

! 느낌표

느낌을 나타내는 문장 끝에 써. 느낌을 살려 읽고, 조금 길게(⩔) 띄어 읽어.

? 물음표

무엇을 물어보는 문장 끝에 써. 끝을 올려 읽고, 조금 길게(⩔) 띄어 읽어.

“ ” 큰따옴표

인물이 한 말을 옮겨 적을 때 써. 진짜 말하듯 실감나게 읽어.

‘ ’ 작은따옴표

인물이 마음속으로 생각하는 말을 드러내어 옮겨 적을 때 써. 혼자 생각하듯 조금 작게 읽어.

소리와 글자가 다른 낱말 바르게 쓰기

소리와 글자가 다른 낱말이 있어. 이런 종류의 낱말은 바르게 써야 해. 소리 나는 대로 쓰면 잘못 쓰는 거야.

예)

잘못 쓴 낱말		바르게 쓴 낱말
여르메	➡	여름에
따뜨타고	➡	따뜻하고
나문닙	➡	나뭇잎
머글	➡	먹을
지그믄	➡	지금은
하라버지	➡	할아버지

문제 마당

도전! 나도 백점

틀린 글자를 바르게 써 보세요.

1~9. 다음 글에서 틀린 글자에 동그라미를 하고 바르게 써 보세요.

오늘은 돌돌이와 컴퓨타 바이러스를 자밧다. 세총과 구술로 바이러스를 향해 쏘앗다. 바이러스가 꿈틀데며 소리를 질었다. 돌돌이는 요술 방망이를 막 히둘렀다. 바이러스를 다 자브니까 컴퓨타가 잘 도라갔다.

틀린 글자		바른 글자
1. ______	→	______
2. ______	→	______
3. ______	→	______
4. ______	→	______
5. ______	→	______
6. ______	→	______
7. ______	→	______
8. ______	→	______
9. ______	→	______

바른 글자로 길을 찾아 보세요.

10. 컴퓨터 속에서 동동이는 길을 잃어버렸어요. 바르게 쓴 낱말을 따라 길을 걸으면 길을 찾을 수 있다고 해요. 동동이와 함께 잃어버린 길을 찾아 보세요.

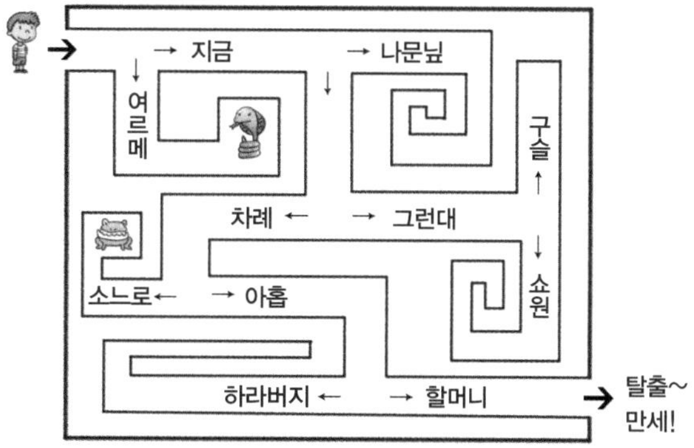

소리와 글자가 같은 낱말, 다른 낱말

11~12. 동동이와 돌돌이는 게임을 시작했어요. 낱말 카드에서 소리와 글자가 같은 낱말과 다른 낱말을 찾기로 했지요. 소리와 글자가 같은 낱말, 소리와 글자가 다른 낱말을 적어 보세요.

국어 지금은 친하게 친구들이 소나무 교실 바다 하늘 노랗게 가족

11. 소리와 글자가 같은 낱말 : ____________________

12. 소리와 글자가 다른 낱말 : ____________________

정 답

1. 컴퓨타 → 컴퓨터 2. 자밨다 → 잡았다 3. 세총 → 새총 4. 구술 → 구슬 5. 꿈틀데며 → 꿈틀대며 6. 질었다 → 질렀다
7. 히둘렀다 → 휘둘렀다 8. 자브니까 → 잡으니까 9. 도라갔다 → 돌아갔다 10. 지금 → 삼촌 → 차례 → 아홉 → 할머니
11. 소나무, 교실, 바다, 하늘, 가족 12. 국어[구거], 지금은[지그믄], 친하게[치나게], 친구들이[친구드리], 노랗게[노라케]

4장

‘듣기·말하기’ 더 잘하는 법

공부할 내용

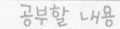

- 생각이 잘 드러나게 말하기
- 말할 내용을 미리 정리하기
- 일이 일어난 차례에 따라 말하기
- 기분 좋게 하는 말을 알아보기
- 듣는 사람 기분을 좋게 하는 말을 하는 방법

이상한 흥부와 놀부 이야기

한줄 읽기

어떤 일을 이야기할 때는 일어난 순서대로 말을 해야 한다.

스토리 텔링

미나야, 미안해!

"아, 어떡해. 난 정말 바보야! 이 못난이! 에잇!"
동동이는 집에 오자마자 머리를 쥐어뜯었어.
돌돌이가 고개를 쑥 내밀고 물었지.
"무슨 일 있어?"
동동이는 한숨을 푹.
"왜 난 미나 앞에만 서면 이상한 말을 할까?
미나는 분명 날 나쁘게 생각하겠지? 휴."
그러자 돌돌이가 고개를 갸우뚱갸우뚱.
"미나가 누군데?"

"우리 반에서 가장 얌전하고 착한 친구야."

동동이는 우물우물 이야기를 시작했어.

"내가 친구들이랑 놀고 있는데 미나가 같이 숙제 공책을 걷자고 했어.

난 싫다면서 '메롱!' 이라고 했지. 나랑 미나랑 당번이야.

아, 몰라! 돌돌아, 나 어떡하지?"

그러자 돌돌이가 혀를 쯧쯧 찼어.

"네가 무슨 말을 하는 건지 하나도 모르겠어.

순서대로 차근차근 이야기해 봐!"

일이 일어난 순서대로 말해요!

어떤 일을 이야기할 때, 일어난 순서대로 말하면 듣는 사람이 알아듣기 쉽답니다. 또한 이야기를 빠뜨리지 않고 끝까지 재미있게 잘 할 수 있지요. 반대로 일이 일어난 순서를 무시하면 이야기가 뒤죽박죽 섞여서 듣는 사람이 알아듣기 힘들어요. 재미도 없고, 중간에 내용을 빠뜨리기도 하고요.

일이 일어난 순서대로 말하려면,

① 어떤 일이 일어났는지 살펴보고
② 일이 일어난 순서를 정리해서
③ 시간을 나타내는 말과 이어 주는 말을 넣어 이야기한답니다.

〈시간을 나타내는 말〉
'이른 아침', '어제 저녁', '그해 겨울' 등

〈문장과 문장을 이어 주는 말〉
'그리고', '그래서', '하지만', '그런데' 등

"오늘은 미나랑 내가 당번이었어."

"난 당번인 걸 잊고 친구들이랑 놀았지."

"그러자 미나가 와서 같이 숙제 공책을 걷자고 했어."

"하지만 난 미나에게 '메롱' 이라고 했어."

"미나는 화가 났는지 얼굴이 빨개졌어."

"결국 미나는 혼자 숙제 공책을 걷고 쓰레기통을 비웠어."

"난 미나에게 미안했지만 끝까지 사과하지 못하고 그냥 집에 왔어."

돌돌이는 그제야 고개를 끄덕끄덕했어.
“음, 그랬구나. 그럼 이제 어떻게 할래?”
“으으, 몰라! 몰라!”
동동이는 두 손으로 머리를 감싸 쥐었어.
“네가 모르면 어떡하니?”
“그, 그게 미나를 보면 자꾸 가슴이 두근두근 뛰어서…….”
동동이는 웅얼웅얼 말끝을 흐렸어.

참다못한 돌돌이는 요술 방망이를 꺼내 동동이의 머리를 **뿅!**

"정신 차려! 박동동! 말을 제대로 안 하면 아무도 못 알아들어!"

돌돌이는 큰 소리로 말했지.

"첫째, 날 똑바로 보면서 이야기해."

동동이는 자세를 고쳐 앉았어.
그리고 돌돌이를 똑바로 바라보았지.

"둘째, 네 생각을 또박또박 말해."

동동이는 곰곰이 생각하더니 조심조심 입을 열었어.
"미나한테 사과하고 싶어."

"셋째, 왜 그렇게 생각하는지 이유를 함께 말해."

돌돌이의 말이 끝나자 동동이는 차근차근 이야기했어.
"미나에게 미안하거든. 미나랑 나랑 당번인데 미나 혼자
당번 일을 했잖아."

생각이 잘 드러나게 말해요!

다른 사람에게 이야기할 때, 내 생각이 잘 드러나지 않게 말하면 상대방은 내가 어떤 생각을 하는지 알 수 없어요.
내 생각을 그렇게 생각한 이유와 함께 조리 있게 또박또박 이야기해야 듣는 사람이 쉽게 알아들을 수 있지요.

돌돌이는 만족한 듯 빙그레 웃었어.

“이제 자기 생각을 잘 말하네. 동동아, 미나에게 말할 때도 딱 지금처럼만 해.”

그러자 동동이가 머리를 거칠게 흔들었지.

“안 돼! 미나만 보면 가슴이 콩닥콩닥해 말을 못 하겠어.”

동동이는 얼굴이 새빨개져서 어쩔 줄 몰랐어.

돌돌이는 잠시 생각하다가 무릎을

탁!

"그럼 하고 싶은 말을 미리 준비하면 어때?"

"미리 준비한다고?"

"그래!"

말할 내용을 미리 정리해요!

다른 사람에게 말하기 전에 말할 내용을 미리 정리해서 준비해 두어요. 그러면 허둥대지 않고 차분하게 말할 수 있고, 말할 때 자신감이 생긴답니다.

하지만 동동이는 한숨만 푹푹 쉬었지.
"무슨 말을 어떻게 써야 해? 또 미나를 기분 나쁘게 하면 어떡해?"
"박동동! 또 그런다!"
돌돌이는 다시 요술 방망이로 동동이 머리를
뿅!
"동동이 너 미나에게 미안하다고 안 할 거야?"
"어, 아니 해야지."

"미나랑 사이좋게 지내고 싶지 않아?"
"아, 아니. 친해지고 싶어."
그제야 돌돌이는 씩 웃었어.
"동동아, 지금 네 마음을 미나에게 전하면 돼."

듣는 사람의 기분을 좋게 하는 말을 하기!

듣는 사람의 기분을 좋게 하는 말은 칭찬하는 말, 고마워하는 말, 응원하고 격려하는 말이에요.

칭찬하는 말 : '참 예쁘다.', '최고야!', '정말 잘했어!'
고마워하는 말 : '감사합니다.', '고마워.'
응원하고 격려하는 말 : '힘내!', '잘할 수 있어.'

진심을 담아 미안해하는 말, 좋아하는 마음을 나타내는 말도 듣는 사람의 기분을 좋게 하는 말이랍니다.

다음 날, 동동이는 용기를 내어 미나 앞에 섰어.
"미, 미, 미나야. 저, 저기……."
하지만 생각처럼 말이 잘 나오지 않았지.
숨을 크게 한번 쉬고, 또박또박.
"미나야, 어제 정말 미안했어. 우리 화해하자.
나, 너랑 사이좋게 지내고 싶어."
그러자 미나가 배시시 웃으며 고개를 끄덕이지 뭐야!
"응. 나 사실 너랑 계속 친해지고 싶었어."
동동이는 자기 귀를 믿을 수 없었지.
"진짜? 진짜? 정말이지! 야호!"
동동이는 기뻐하며 속으로 힘껏 소리쳤어.
'돌돌아, 고마워! 다 네 덕분이야.'

내 생각을 잘 말해 보자!

생각이 잘 드러나게 말하기

다른 사람에게 이야기할 때, 내 생각이 잘 드러나게 말해야 해. 그러면 듣는 사람이 내 생각을 잘 이해할 수 있어. 또 듣는 사람의 마음을 움직여 내 말에 따르도록 할 수 있어.

내 생각을 잘 드러나게 말하려면 듣는 사람을 바라보며 또박또박 말해. 그리고 그렇게 생각한 까닭을 말하도록 해. 말할 내용을 미리 정리해 두면 좋아.

일이 일어난 순서대로 말하기

어떤 일을 이야기할 때는 일어난 순서대로 말을 하도록 해. 그러면 듣는 사람이 알아듣기 쉬워. 일이 일어난 순서대로 말을 하지 않으면 이야기는 뒤죽박죽 무슨 말을 하는지 알아들을 수가 없어. 일이 일어난 순서대로 말하려면 이렇게 해.

어떤 일이 일어났는지 살펴봐.

일이 일어난 순서를 정리해.

시간을 나타내는 말과 이어 주는 말을 넣어 말해.

시간을 나타내는 말 : **'이른 아침'**, **'어제 저녁'**, **'그해 겨울'** 등
이어 주는 말 : **'그리고'**, **'그래서'**, **'하지만'**, **'그런데'** 등

듣는 사람 기분 좋게 말하기

듣는 사람의 기분을 나쁘게 하는 말이 있고, 좋게 하는 말이 있어. 당연히 기분을 좋게 하는 말을 해야겠지? 칭찬하는 말, 고마워하는 말, 응원하고 격려하는 말처럼 밝고 착한 마음이 담긴 말이 기분 좋게 하는 말이야. 진심을 담아 미안해하는 말, 좋아하는 마음을 나타내는 말도 기분 좋게 하는 말이야.

칭찬하는 말

'참 예쁘다.', '최고야!', '정말 잘했어!'

고마워하는 말

'감사합니다.', '고마워.'

응원하고 격려하는 말

'힘내!', '잘할 수 있어.'

도전! 나도 백점

생각이 잘 드러나게 말해 볼까?

1. 자기 생각이 잘 드러나게 말한 친구는 누구일까요? ______________

2. 자기 생각을 잘 말하지 못한 친구들은 누구이고, 왜 그런지 써 보세요.

철수: ______________________________

혜원: ______________________________

민정: ______________________________

3. 생각이 잘 드러나게 말하면 어떤 점이 좋을까요? 다음 중에서 골라 보세요.

① 철수: 다른 사람을 이길 수가 있어요!

② 혜원: 내가 하고 싶은 대로 마음대로 할 수 있어요!

③ 민정: 다른 사람 말을 안 들어도 돼요!

④ 동동: 내 생각을 정확하게 알려서 듣는 사람을 설득할 수 있어요!

4. 생각이 잘 드러나게 말하려면 어떻게 말해야 할까요? 방법을 세 가지 써 보세요.

____

____

____

일이 일어난 차례를 알아볼까?

① 밤늦게 아빠가 아이스크림을 사 오셨습니다. 그래서 동동이는 신 나게 먹었습니다.

② 아침입니다. 동동이는 자리에서 일어났습니다. 그리고 하품을 크게 했습니다.

③ 저녁이 되자 동동이는 냉장고를 뒤졌습니다. 그리고 빵을 꺼내 먹었습니다.

④ 점심을 먹고 친구들과 운동장에서 달리기를 했습니다. 날씨가 여름처럼 더웠습니다. 그래서 기운이 다 빠졌습니다.

5. 동동이한테 하루 동안 일어난 일들입니다. 일어난 차례대로 번호를 써 보세요.

(　　) – (　　) – (　　) – (　　)

6. 일이 일어난 차례를 나타내는 말은 어떤 것이 있나요? 모두 찾아 써 보세요.

시간을 나타내는 말: (　　　), (　　　), (　　　), (　　　), (　　　)

이어 주는 말: (　　　), (　　　)

7. 일이 일어난 차례대로 말하면 어떤 점이 좋을까요? 다음 중에서 바르게 말한 친구를 골라 보세요.

철수 : 무슨 말을 하는 건지 알아들을 수 없어요.

혜원: 어떤 일이 일어났는지 몰라요. 재미도 없어요.

민정: 일어난 일을 빠뜨리지 않고 말할 수 있어요.

기분을 좋게 하는 말하기

8~10. 다른 사람의 기분을 좋게 하는 말을 하면 나도 기분이 좋아져요. 그런데 동동이는 친구들에게 기분 좋게 말을 하지 않았어요. 동동이가 기분 좋게 말을 할 수 있도록 가르쳐 주세요.

영수: 나는 받아쓰기를 잘 못해. 어떻게 해야 국어를 잘할 수 있을까?

동동: 넌 아무리 해도 안 돼! 포기해!

8. 기분 좋게 하는 말 :

혜원: 아, 너무 무거워!

동동: 팔이나 빠져라!

9. 기분 좋게 하는 말:

민정: 색종이를 안 가져왔어! 빌려줄래?

동동: 됐거든!

10. 기분 좋게 하는 말:

정답

1. 동동 2. 철수 : 까닭을 말하지 않고 떼를 썼습니다. / 혜원 : 우물쭈물 알아듣지 못하게 말했습니다. 말끝이 흐려졌습니다. / 민정 : 까닭을 말하지 않고 무조건 큰 소리를 질렀습니다. 3. ④ 4. 말할 내용을 미리 정리해요. 듣는 사람을 바라보며 또박또박 말해요. 그렇게 생각한 까닭을 꼭 말해요. 5. ② - ④ - ③ - ① 6. 시간을 나타내는 말 : 밤늦게, 아침, 저녁, 점심, 여름 / 이어 주는 말 : 그래서, 그리고 7. 민정 8. 열심히 하면 잘할 수 있어. 백점 맞을 거야. (격려하는 말) 9. 많이 무겁지? 내가 같이 들어 줄게. (도와주는 말) 10. 걱정 마. 우리 함께 나눠 쓰자. (도움을 주는 말)

'읽기' 문제없어!

공부할 내용

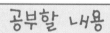

- 옛이야기가 무엇인지 알아보기
- 중심 낱말 찾는 방법 알아보기
- 기분이 잘 드러나게 이야기하기
- 대강의 내용(줄거리) 알아보기
- 대강의 내용 파악하기

이야기 마당

입에서 입으로 전하는 이야기

한 줄 일기

옛이야기를 읽으면 옛날 사람들이 어떻게 살았는지 알 수 있다.

스토리 텔링

옛이야기 속으로 퐁당!

"아, 심심해."

돌돌이는 하품을 하며 책상 위를 데구루루.

"동동아, 나랑 놀아 줘!"

"안 돼. 저리 가. 나 숙제해야 해."

동동이가 손을 휘휘 내저었지만 돌돌이는 계속 떼를 쓰며 졸라 댔어.

"그러지 말고 게임 딱 한 판만 하자. 네가 이기면 내가 숙제 도와줄게."

동동이는 귀가 솔깃해졌지.

"진짜지? 딱 한 판만이다."

"그럼!"

돌돌이는 발딱 일어나 요술 방망이를 휘둘렀어.

"울-랄랄라라! 울-랄랄라라! 나와라, 게임!"

뚝딱!

펑!

큼직한 검은색 자루가 하나 나왔어.

돌돌이는 자루 속에 손을 넣어 휘휘 젓더니 두루마리를 하나 꺼냈지.

"지금부터 우리는 옛이야기 놀이를 할 거야."
동동이는 고개를 갸웃하며 물었어.
"옛이야기 놀이?"
"응. 이 두루마리를 펼치면 옛이야기가 흘러나와.
우린 옛이야기 속에서 신 나게 놀면 돼. 자, 간다!"
돌돌이는 말을 마치기 무섭게 두루마리를 **쫙!**

옛이야기가 뭘까요?

옛날부터 사람들의 입에서 입으로 전해 내려오는 이야기예요. '옛날 옛적에', '옛날에'로 시작되며 아주 재미나지요.
옛이야기를 읽으면 옛날 사람들이 어떻게 살았는지 알 수 있어요. 여러 가지 깨달음도 얻을 수 있고요.

“얼레? 여기가 어디야?”
동동이는 주변을 휘휘 둘러보았어.
사방이 온통 나무와 풀로 우거져 있었거든.
“우리는 지금 옛이야기 속에 들어와 있어.”
돌돌이가 동동이의 어깨에 앉아서 말했어.
“한 시간 동안 옛이야기의 내용을 알아내야 해.
먼저 알아내는 쪽이 이기는 거다. 준비, 시작!”
동동이는 기가 막혀 따지기 시작했어.
“야, 그런 게 어디 있어.”
하지만 돌돌이는 시치미를 뚝!
나 몰라라 가 버렸지.

"칫, 돌돌이 녀석. 맨날 자기 마음대로야."
동동이는 투덜거리며 숲길을 타박타박 걸었어.
그런데 어디선가 맛있는 냄새가 솔솔.
"킁킁, 무슨 냄새지? 찐빵? 만두?"

동동이는 콧구멍을 벌름대며 냄새를 따라갔지.
저만치 앞에 호랑이와 두꺼비가 보였어.
"얘들아, 너희 뭐하고 있어?"
동동이가 묻자 호랑이가 먼저 어흥!
"보면 몰라? 떡시루에다 떡 찐다!"
두꺼비가 웃으며 설명해 주었지.
"오늘 호랑이랑 나랑 떡 쪄 먹기로 했거든.
각자 쌀 한 바가지씩 가져와서 떡을 찌는데,
이제 거의 다 된 것 같아."

그때 호랑이가 벌떡 일어나서 말했어.

"두꺼비야, 우리 내기하자!"

"내기?"

"산봉우리에서 떡시루를 굴려 먼저 떡시루를 쫓아가 잡는 쪽이 떡을 다 먹는 거야."

가만히 듣던 동동이는 어이가 없었어.

누가 봐도 호랑이가 이길 게 분명했거든.

그러나 두꺼비는 선뜻 대답했지.

"좋아! 하자."

동동이는 놀라서 눈이 휘둥그레졌어.

'두꺼비가 어쩌려고 그러지?'

"영차! 영차!"

호랑이와 두꺼비는 산봉우리로 떡시루를 가져가서 힘차게 굴렸지.

데굴데굴. 덱데구루루.

떡시루가 굴러 내려가자 호랑이는 기다렸다는 듯 잽싸게 튀어나갔어.

하지만 두꺼비는 멀뚱멀뚱 보기만 했지.

"두꺼비야, 뭐해? 떡 안 먹어?"

동동이가 묻자 두꺼비가 씩 웃었어.

"저기를 봐."

어머, 이게 웬일이야.

떡시루가 굴러가면서 안에 들어 있던 떡이 밖으로 떨어져 나오고 있었어!

호랑이는 그것도 모르고 헐레벌떡 뛰기 바빴지.

두꺼비는 동동이를 돌아보며 물었어.

"난 이제 떡을 주우러 내려갈 거야. 너도 같이 갈래?"

"아니야, 난 괜찮아."

"그래, 그럼 난 간다!"

두꺼비는 인사하고 풀쩍풀쩍 산 아래로 내려갔어.

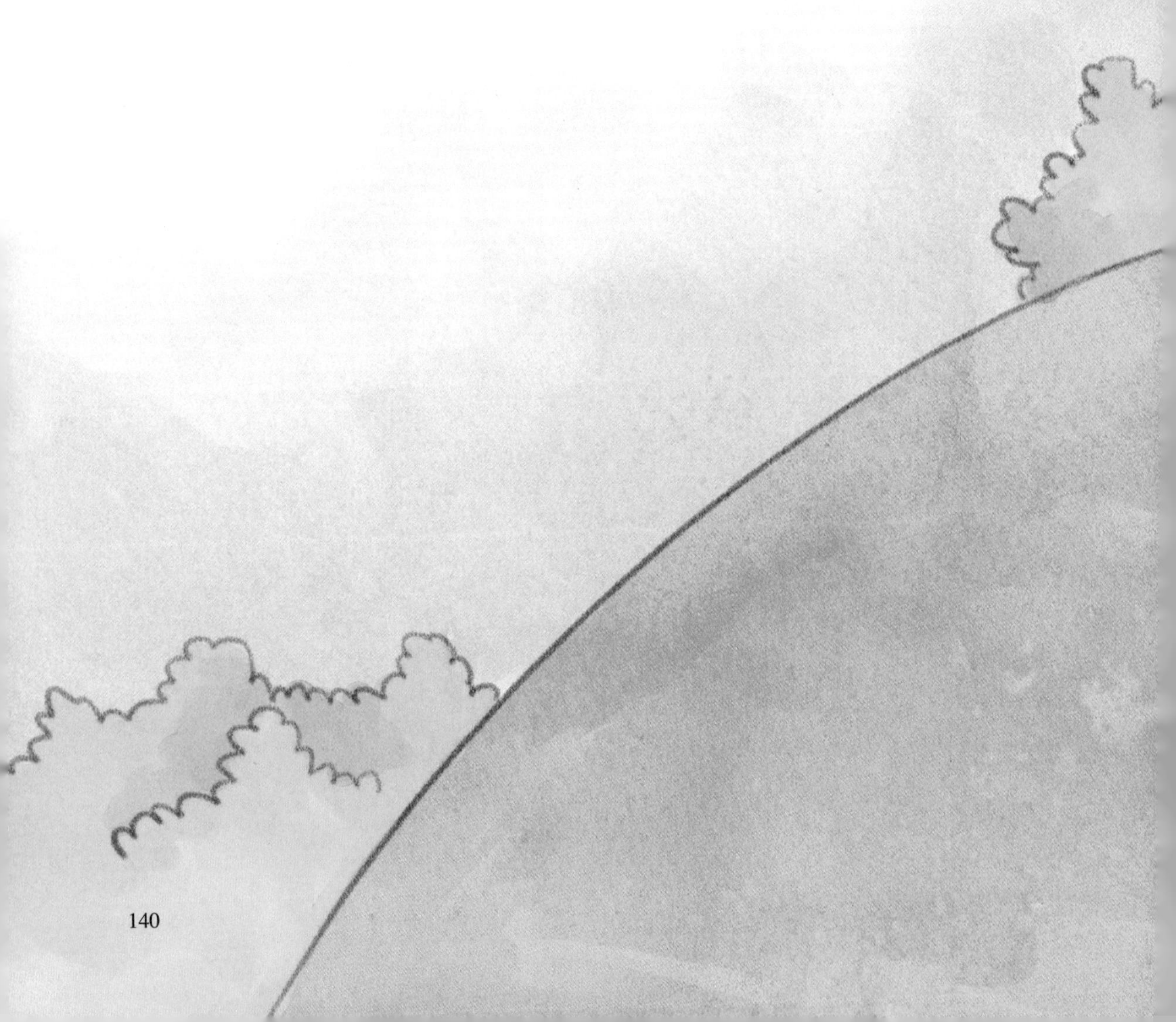

이제 동동이 혼자 덩그러니 남았지.
동동이는 지금까지 본 일을 차근차근 생각해 봤어.

‘호랑이와 두꺼비가 쌀을 한 바가지씩 가져와서 떡을 쪘지.’

‘갑자기 호랑이가 떡시루 잡기 내기를 하자고 했어.’

‘호랑이와 두꺼비는 산봉우리로 떡시루를 가져가 굴렸어.’

‘호랑이는 떡시루를 쫓아 달렸지만 두꺼비는 가만히 기다렸지.’

'떡시루 안에서 떡이 떨어져 나왔지만 호랑이는 모르고 계속 달렸어. 결국 두꺼비 혼자 떡을 다 주워 먹었지.'

동동이는 그제야 무릎을 탁 쳤어.

"아! 그렇구나."

대강의 내용을 생각하며 글을 읽어요!

대강의 내용이란 글의 내용을 짧게 간추린 것으로 '줄거리' 라고 해요. 대강의 내용을 알면 전체 글의 내용을 잘 기억할 수 있고, 알기도 쉽지요. 글을 읽을 때 누가 무엇을 했는지, 어떤 일이 일어났는지 알아보고, 일이 일어난 순서를 생각해 보세요. 내용을 쉽게 알 수 있답니다.

동동이는 큰 소리로 돌돌이를 불렀어.

"야, 돌돌아! 나 알았어! 호랑이와 두꺼비가 떡시루 잡기 내기를 한 이야기야. 호랑이는 떡시루를 쫓느라 떡을 못 먹고 두꺼비 혼자 떨어진 떡을 다 주워 먹었어!"

그러자 어디선가 돌돌이 목소리가 들려왔지.

"제목은? 제목은 모르지? 홍홍!"

동동이는 다시 열심히 머리를 굴렸어.

'호랑이와 두꺼비가 떡시루 잡기 내기를 했지. 그럼 떡시루 잡기가 가장 중요하잖아?'

동동이는 자신 있게 대답했어.

"떡시루 잡기!"

펑펑!

중심 낱말을 찾아보아요!

중심 낱말이란 글에서 가장 중요하고 중심이 되는 내용을 알려 주는 말이에요. 중심 낱말을 찾을 때는 글의 제목을 먼저 살펴요. 글의 제목은 중심 낱말이나 중심 내용을 바탕으로 지어지거든요.

또한 글에서 여러 번 나온 낱말을 찾아보는 것도 좋은 방법이에요. 중요한 중심 낱말일수록 여러 번 나온답니다.

갑자기 하늘 위에서 돌돌이가 **쑥!**

돌돌이는 입안 가득 떡을 물고 말했어.

"늦었어, 늦었어! 난 아까 맞히고 떡까지 얻어먹었는데."

"뭐야, 너만 떡 먹으면 어떡해."

"몰라, 몰라! 메롱!"

돌돌이는 혀를 쏙 내밀고 **후다닥!**

약이 오른 동동이만 팔짝팔짝!

"돌돌이 너! 얼른 이리 오지 못해?"

옛이야기를 술술 읽어 보자!

옛이야기를 잘 읽는 방법

옛이야기
해 줄까?
옛날 옛적에
호랑이 담배
피울 때….
떡시루 이야기
하려고 하죠?
백 번도 더
들었어요.

옛이야기란, 옛날부터 사람들의 입에서 입으로 전해 내려오는 이야기야. **'옛날 옛적에'**, **'옛날에'** 로 시작하는 재미있는 이야기지.

옛이야기는 전래동화라고도 해. 전래동화를 읽으면 옛날 사람들이 어떻게 살았는지 알 수 있어. 이야기책을 읽을 때에는 어떤 일이 일어났는지 생각하며 재미있는 장면을 찾아보도록 해.

중심 낱말을 찾아보자.

'중심 낱말' 이란 글에서 가장 중요하고, 중심이 되는 내용을 알려주는 낱말이야.

중심 낱말을 찾을 때는 글의 제목을 살펴봐. 글의 제목은 중심 낱말이나 중심 내용으로 짓거든. 또 무엇에 대해 쓴 글인지 알아봐.

또 여러 번 나온 낱말은 무엇인지 찾아봐. 중요한 낱말이면 글에서 여러 번 나오거든.

대강의 내용을 생각하며 글을 읽자.

'대강의 내용' 이란 글의 내용을 짧게 간추린 것으로, **'줄거리'** 라고도 해. 대강의 내용을 알면 전체 글의 내용을 잘 기억할 수 있고, 이해하기도 쉬워.

대강의 내용을 알려면, 누가 무엇을 했는지, 어떤 일이 일어났는지 알아봐. 또 일이 일어난 순서를 생각해 봐.

도전! 나도 백점

옛이야기가 어떤 것인지 알아볼까?

지난 여름에 아빠와 바다에 가서 게를 잡았어. 게가 내 코를 꼬집었어.
철수
텔레비전에 노래를 할 줄 아는 개가 나오더라.
혜원
옛날 옛적에 요술 주전자가 있었대. 그 주전자를 문지르니까 도깨비가 나왔대.
민정
일요일에 엄마하고 놀이공원에 갔어. 유령 도시에 가니까 유령들이 막 튀어나왔어.
영수

1. 친구들이 이야기를 하고 있어요. 누가 옛이야기를 하고 있을까요?

2. 옛이야기라는 것을 알게 해 주는 낱말은 무엇일까요?

중심 낱말을 찾아보자.

3~6. 다음 글을 읽고 물음에 답해 보세요.

"다섯, 넷, 셋, 둘, 하나, 영. 발사!"

1969년 7월 21일, 전 세계 사람들이 텔레비전을 지켜보고 있었어요. 텔레비전에서는 미국의 우주선 아폴로 11호가 나왔어요. 두 우주인이 달 탐사선 독수리호를 타고 달에 착륙했어요. 지구에서 처음으로 달에 착륙한 거예요.

잠시 후 독수리호의 문이 열렸어요. (   ) 닐 암스트롱이 사다리를 타고 내려왔어요.

"저 사람이 지구에서 가장 먼저 달에 내린 사람이야!"

전 세계 사람들은 환호성을 올렸어요. 암스트롱은 달 위를 걸으면서 돌과 흙을 주웠어요.

3. 지구에서 가장 먼저 달에 내린 사람은 누구일까요? ________________

4. '텔레비전에서는 미국의 우주선 아폴로 11호가 나왔어요.' 에서 중심 낱말은 무엇일까요?

① 미국　② 텔레비전　③ 아폴로 11호　④ 나왔어요

5. 이 글의 중심 낱말을 모두 골라 보세요.

환호성　돌　암스트롱　달　아폴로 11호　사람들

6. (　　　)에 알맞은 말을 골라 보세요.

① 그러나　② 그리고　③ 왜냐하면　④ 또

대강의 내용을 알아볼까?

7~10. 다음 글을 읽고 물음에 답해 보세요.

옛날, 산신령이 강원도에 세상에서 가장 아름다운 산을 만들려고 했어. 산신령은 그 산을 금강산이라고 불렀지. 아름다운 산을 만들려면 잘생긴 바위들이 필요했어. 그래서 산신령은 전국의 잘생긴 바위들은 금강산으로 모이라고 불렀어.

그 소식은 경상남도 울산까지 전해졌어. 울산에 엄청나게 큰 바위가 있었어. 너무 크고 무거워서 걸음걸이도 느렸어. 그 바위는 느릿느릿 뒤뚱뒤뚱 간신히 설악산에 도착했어. 얼마 더 가면 금강산에 도착할 수 있었어. 그런데 가슴이 덜컥 내려앉을 소식이 전해졌어. 금강산에는 이미 다른 바위들이 먼저 와서 자리가 다 차 버렸다는 거야.

울산의 큰 바위는 울산으로 다시 돌아가려니까 창피했어. 그래서 설악산에 눌러앉고 말았어. 그때부터 사람들은 설악산에 있는 울산의 큰 바위를 울산바위라고 불렀단다.

7. 설악산에 눌러앉은 바위의 이름은 무엇인가요?

8. 울산바위는 왜 금강산에 가지 못했나요?

9. 이 글의 제목으로 알맞은 것을 골라 보세요.

① 뚱뚱한 울산바위　　② 산신령은 미워!

③ 설악산으로 이사 온 울산 바위　　④ 금강산과 설악산

10. 이 글을 읽고 대강의 내용을 알아봐요. 이 글에서 어떤 일이 일어났는지 순서에 맞게 그림의 번호를 써 보세요.

① 금강산에 자리가 다 차 버렸다는 소식을 들었다.

② 울산에 있던 큰 바위가 설악산에 도착했다.

③ 산신령은 잘생긴 바위들을 금강산으로 모이라고 불렀다.

④ 산신령이 아름다운 산을 만들려고 했다.

⑤ 울산의 큰 바위는 설악산에 눌러앉았다. 이 바위가 울산바위다.

정답

1. 민정 2. 옛날 옛적에 3. 닐 암스트롱 4. ③ 5. 암스트롱, 달, 아폴로 11호 6. ② 7. 울산바위 8. 금강산에 이미 다른 바위들이 먼저 와서 자리가 다 차 버렸기 때문에 9. ③ 10. ④ → ③ → ② → ① → ⑤

'일기 쓰기' 잘하는 날

공부할 내용

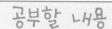

- ▶ 그림일기의 형식을 알아보기
- ▶ 그림일기를 잘 쓰는 방법
- ▶ 시를 읽고 반복되는 말이 주는 느낌을 알아보기
- ▶ 글을 읽고 누가 무엇을 했는지 알아보기
- ▶ 일기에 알맞은 제목을 붙이는 까닭과 방법
- ▶ 겪은 일이 잘 드러나게 일기 쓰기

이야기 마당

일기 쓰는 날

선생님께서 일기 검사를 한다고 했는데, 언제 다 쓰지?
좋은 수가 있다! 룰루랄라~
딱
동동아, 일기 다 썼니?
네!
일기에 그림을 안 그리고 껌을 붙였네! 사탕이랑 과자도 붙여 놓고!
이날은 껌을 씹은 날이고, 이날은 사탕을 먹은 날이고, 이날은 과자 먹은 날이에요.
어휴! 일기는 가장 기억에 남는 일을 골라 쓰는 거야. 그리고 네 생각과 느낌도 써야 해.

한줄일기

일기를 잘 쓰려면 쓸 내용을 정리하고, 겪은 일과 느낌이 잘 드러나게 써야 한다.

스토리텔링

넌 어떤 일기를 쓰니?

"동동아, 나랑 게임하고 놀자."

아까부터 돌돌이는 동동이 팔에 대롱대롱.

하지만 동동이는 책상 앞에서 꼼짝도 하지 않았어.

"안 돼. 나 일기 써야 해. 오늘도 일기 안 쓰면 선생님한테 혼나."

동동이는 공책에다 뭔가를 끼적끼적 썼지.

그러다 소리를 **꽥!**

"으악, 난 정말 일기 쓰기가 너무 싫어!"

그러자 돌돌이가 빙긋 웃으며 말했어.

“동동아, 다른 아이들이 쓴 일기를 보러 갈래?”

“어떻게?”

“나만 따라오라고!”

돌돌이는 요술 방망이를 빙그르르 휘둘렀어.

“울-랄랄라라! 울-랄랄라라! 열려라, 문!”

뚝딱!

펑!

컴퓨터 모니터에 동그란 빛의 구멍이 짠!
돌돌이가 먼저 구멍 속으로 쏙!
동동이가 뒤따라서 쑥!

"아우, 눈 부셔! 돌돌아, 여기가 어디야?"

동동이가 얼굴을 찡그리며 물었어.

주변이 온통 환한 빛줄기로 얼기설기 얽혀 있었거든.

너무 밝아서 눈을 뜨기 힘들 정도였어.

"저 빛줄기들은 전 세계 컴퓨터들과 이어진 길이야."

돌돌이는 가장 가까운 빛줄기를 가리켰어.

"동동아, 저 빛줄기를 따라가자!"

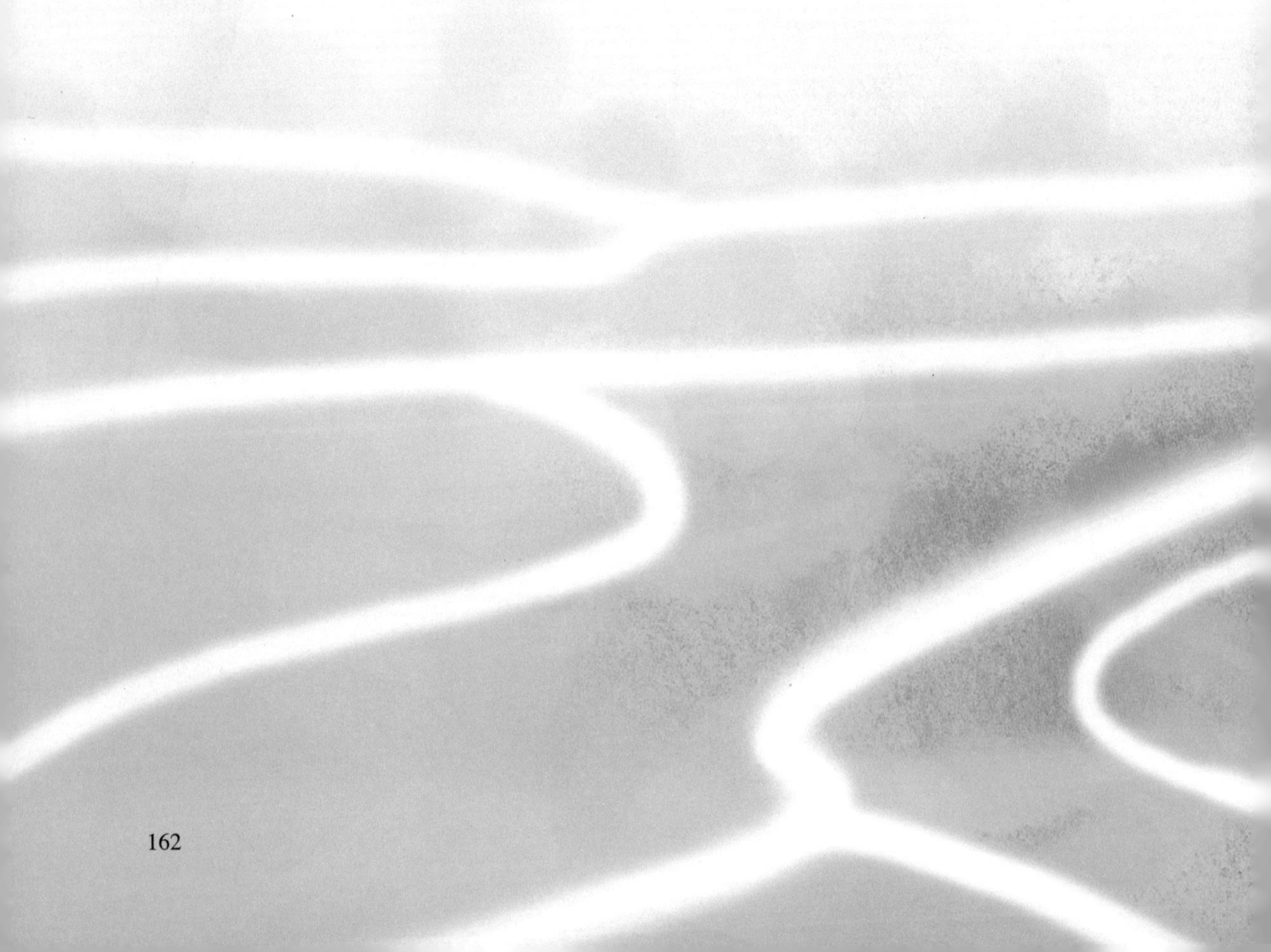

동동이와 돌돌이는 빛줄기를 따라 **둥실둥실.**

빛줄기 끝에는 작은 문이 있었어.

동동이는 조심조심 문을 열었지.

문 안으로 들어가자 눈앞에 푸른 바다가 펼쳐졌어.
문득 한 여자 아이가 엄마랑 아빠랑 노는 모습이 보였어.
돌돌이가 동동이에게 속삭였어.
“여기는 저 아이의 그림일기 속이야. 잘 봐! 즐거운 기분이 느껴지지?”

7월 10일 토요일 맑고 따뜻함
아빠랑 엄마랑 바닷가에 놀러 갔다.
물놀이도 하고 모래성도 쌓았다. 정말 재미있었다.
또 놀러 가고 싶다.

그림일기를 써요!

그림일기를 쓸 때는 먼저 날짜와 요일, 날씨를 써요. 그리고 그날 가장 기억에 남는 일을 한 가지 골라 쓴답니다. 그날 가장 기뻤거나 슬펐던 일, 또는 화가 났거나 힘들었던 일을 쓸 수 있겠지요. 내용에 맞는 그림을 그리면 그림일기 완성!

그림일기를 다 본 동동이와 돌돌이는 또 다른 문을 열었어.
이번에는 큼직한 종이가 **쫙!**
종이에는 또박또박 일기가 적혀 있었어.
학교에서 동시를 배운 내용을 썼지.

5 월 25 일 수 요일 구름많음

구슬비

송알송알 싸리 잎에 은구슬
조롱조롱 거미줄에 옥구슬
대롱대롱 풀잎마다 총총
방긋 웃는 꽃잎마다 송송송

오늘은 학교에서 동시를 배웠다. 동시를 읽을 때 노래를 부르는 것처럼 재미있고 신 났다. 또 정말 구슬비가 내리는 기분이 들었다. 앞으로 비가 내리면 구슬비 동시가 생각날 것 같다.

* 구슬비 – 아동문학가 권오순 님의 동시

반복되는 말을 쓰면 재미있어요!

'송알송알', '대롱대롱' 처럼 같은 말이 두 번 이상 나오는 말을 반복되는 말이라고 해요. 반복되는 말을 쓰면 꼭 노래를 부르는 것처럼 리듬감이 느껴지고, 생생하고 재미있게 느껴진답니다.

동동이와 돌돌이는 세 번째 문을 열었어.
이번에도 큼직한 종이가 **짝!**

9월 20일 화요일 아주 맑음

제목: 가을 소풍!

학교에서 가을 소풍을 갔다. 비가 올까 봐 걱정했는데 다행히 날씨가 아주 맑았다. 산에 가니까 울긋불긋 단풍이 들어서 예뻤다. 우리 반은 도착하자마자 사진을 찍고 점심을 먹었다. 그런데 나는 욕심을 부려 김밥이랑 주스를 잔뜩 먹다가 그만 체하고 말았다. 너무너무 아파서 결국 나혼자 일찍 집으로 돌아왔다. 술래잡기도, 보물찾기도 정말 하고 싶었는데……. 다음부터는 욕심내지 말고 조금만 먹어야 겠다.

동동이는 일기를 보고 고개를

끄덕끄덕.

"이 아이는 가을 소풍을 다녀왔구나."

돌돌이도 한 마디 했지.

"많이 먹고 체해서 놀지 못하고 집에 왔대. 정말 아쉽겠다."

글쓴이가 무엇을 했는지 살피며 읽어요!

글을 읽을 때 글쓴이가 어떤 일을 했고, 어떤 생각을 했는지 살펴요. 그러면 글쓴이가 무엇에 대해 쓰고, 어떤 말을 하고 싶은지 알 수 있답니다.

세 번째 일기까지 보자 동동이는 자신감이 불끈불끈 솟았어.
"그만 돌아가자. 빨리 가서 일기를 쓰고 싶어."
"진짜? 알았어! 울-랄랄라라! 울-랄랄라라! 열려라, 문!"

뚝딱!
펑!

다시 방 안으로 돌아온 동동이는 냉큼 책상 앞에 앉았어.
일기장을 펼치고 제목부터 크게 썼지.
'우리 반 대청소!'
그리고 또박또박 일기를 써 내려갔단다.

5 월 19 일 목 요일 해가 쨍쨍!

제목: 우리 반 대청소!

오늘은 우리반 대청소 날이었다. 나는 승철이랑 창문을 닦았다. 창문을 닦는데 자꾸 승철이가 장난을 치면서 방해했다. 하지 말라고 해도 계속 장난치니까 짜증이 났다.

그러다 선생님이 보시고 승철이를 야단치셨다.

"장난치다 창문이 깨지면 다쳐! 동동이처럼 얌전히 창문을 닦으렴."

선생님이 칭찬하시자 기분이 몹시 좋았다. 나는 신이 나서 더 열심히 창문을 닦았다. 팔이 아팠지만 깨끗해진 창문을 보니까 뿌듯했다.

마지막 온점까지 찍고, 동동이는 일기장을 탁 덮었어.

"만세! 일기 다 썼다!"

일기를 잘 쓰는 방법!

일기를 쓰기 전에 그날 있었던 일을 곰곰이 생각해 봐요. 가장 기억에 남거나 중요한 일을 고른 다음 알맞은 제목을 붙인답니다.
일기에 제목을 붙이면 쓸거리를 미리 정할 수 있고, 일기 내용을 한눈에 볼 수 있어서 좋거든요. 일기를 쓸 때는 언제, 어디에서, 누구와 무슨 일을 했는지 잘 드러나도록 쓰고 자기 생각과 느낌을 함께 쓰지요.

알맹이 마당

그림일기를 재미있게 써 보자!

그림일기 잘 쓰기

월 일

↑ 그림일기를 쓸 때는 날짜와 요일, 날씨를 써.

↑ 내용에 맞게 그림을 그려.

엄마 아빠랑 한강 풀장에서 물장구를 치며 놀았다. ← 겪었던 일과 자기 생각과 느낌을 써.

날씨는 너무 더웠지만, 물에 들어가니까 시원했다.

↑ 그날 가장 기억에 남는 일을 한 가지 골라. 그림을 그리고 글을 써. 내 느낌도 써.

❶ 가장 기뻤거나 슬펐던 일, 또는 화가 났거나 힘들었던 일을 쓰면 돼.

❷ 내용에 맞는 그림을 그리고, 글을 써.

❸ 쓴 것을 다시 읽어. 틀린 글자를 고치고 다듬어.

글을 읽고, 글쓴이의 생각 알아보기

글을 쓴 사람을 글쓴이라고 해. 글에는 글쓴이의 생각이 들어 있어.

글을 읽을 때에는 글쓴이의 생각을 알아야 해. 글쓴이가 하고 싶은 말이 무엇인지 알아야 하지.

'~라고 생각합니다.', '~하면 좋겠습니다.', '~한다고 생각해요.'와 같은 말이 있는 곳이 글쓴이의 생각이 있는 곳이야.

신발가방을 제자리에 두지 않아서 찾지 못했습니다. ← 글쓴이가 겪은 일

앞으로는 신발가방을 제자리에 두겠다고 생각했습니다. ← 글쓴이의 생각

일기를 잘 쓰는 방법

일기에는 알맞은 제목을 붙여야 해. 왜냐하면 어떤 것을 쓸지 미리 정할 수가 있거든. 또 일기 내용을 한눈에 볼 수 있어.

제목을 잘 붙이려면 그날 있었던 중요한 일을 간단히 줄여. 사람이나 물건에 대해 일기를 썼다면, 사람이나 물건의 이름을 제목으로 붙여도 돼.

그다음에는, 쓸 내용을 정리하고, 겪은 일과 느낌을 잘 드러나게 쓰면 돼.

오늘 있었던 일을 떠올려 보는 거야.

제목은 아빠는 요리사라고 짓자.

아빠가 해 주신 볶음밥은 너무 짜서 먹을 수 없었다. 우웩!

문제
마당

도전! 나도 백점

그림일기를 잘 쓰려면 어떻게 할까?

1~6. 다음 그림일기를 보고 물음에 답해 보세요.

3 월 21 일 목

엄마 아빠와 함께 실내 스케이트장에 갔다. 엉덩방아를 많이 찧었다.
눈물이 찔끔 났다.
아빠가 앞에서 끌어 주고, 엄마가 뒤에서 밀어 줬다. 재미있어서 웃었다.
엄마가 울다 웃으면 엉덩이에 뿔이 난다고 놀렸다.
나는 앞으로 아프더라도 울지 말고 참아야겠다고 생각했다.

1. 그림일기에 꼭 들어가야 하는 것을 모두 써 보세요.

____

2. 엄마는 왜 엉덩이에 뿔이 난다고 놀렸을까요?

____

3. 그림일기를 쓸 때 그림은 어떻게 그려야 하나요?

① 생각나는 대로 그립니다.

② 예쁜 얼굴을 그립니다.

③ 글과 어울리는 그림을 그립니다.

④ 그날의 날씨를 그립니다.

4. 그림일기를 잘 쓰는 방법으로 알맞지 않은 것은 무엇인가요?

① 날짜, 요일, 날씨를 씁니다.

② 내용과 어울리는 그림을 그립니다.

③ 날마다 하는 일을 씁니다.

④ 기분이 좋았다, 화가 났다 같은 내 느낌을 씁니다.

5. 그림일기를 쓰는 순서를 차례대로 골라 보세요.

① 그림을 그리고 글을 쓰기

② 오늘 있었던 일 중에서 가장 기억에 남는 일 고르기

③ 쓴 것을 다시 읽어 보고, 다듬기

④ 오늘 무슨 일이 있었는지 생각해 보기

⑤ 날짜, 요일, 날씨 쓰기

(　　　) ➡ (　　　) ➡ (　　　) ➡ (　　　) ➡ (　　　)

6. 글쓴이가 겪은 일은 무엇이고, 글쓴이의 생각은 무엇인지 찾아 써 보세요.

글쓴이가 겪은 일 : ______________________________

글쓴이의 생각 : ______________________________

글쓴이의 생각을 알아보자

7~10. 다음 글을 읽고 물음에 답해 보세요.

나는 초콜릿과 콜라를 좋아합니다. 날마다 초콜릿과 콜라를 먹습니다. 그래도 부족합니다. 나는 밥은 초콜릿이고, 물은 콜라였으면 좋겠습니다. 밥솥을 열면 초콜릿이 가득 들어 있고, 수도꼭지를 틀면 콜라가 콸콸 나왔으면 좋겠습니다.

그런데 이가 아팠습니다. 병원에 갔더니 충치가 다섯 개나 된다고 했습니다. 의사 선생님께서 초콜릿과 콜라를 많이 먹으면 이를 다 뽑고 틀니를 해야 한다고 그랬습니다. 의사 선생님은 음식을 골고루 먹으면 다시 튼튼해진다고 했습니다. 나는 앞으로 초콜릿과 콜라를 안 먹고, 음식을 골고루 먹을 생각입니다.

7. 글쓴이는 밥솥에는 무엇이 있고, 수도꼭지에서는 무엇이 나왔으면 좋겠다고 생각했나요?

____

8. 초콜릿과 콜라를 많이 먹어서 글쓴이는 어떻게 되었나요?

____

9. 이 글은 무엇에 대한 생각을 쓴 글인가요?

① 수도꼭지 ② 밥솥 ③ 음식 ④ 병원

10. 글쓴이는 앞으로 어떻게 할 생각인가요?

____

정답

1. 날짜, 요일, 날씨, 글, 그림 2. 울다가 웃었기 때문에 3. ③ 4. ③ 5. ④ → ② → ⑤ → ① → ③ 6. 글쓴이가 겪은 일 : 스케이트를 타다가 엉덩방아를 찧어 울었다. \ 글쓴이의 생각 : 나는 앞으로 아프더라도 울지 말고 참아야겠다고 생각했다. 7. 초콜릿, 콜라 8. 이가 아파 병원에 갔다. 9. ③ 10. 앞으로 초콜릿과 콜라를 안 먹고, 음식을 골고루 먹을 생각이다.

7장

'듣기 · 말하기' 걱정 끝!

공부할 내용

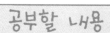

- 이야기를 듣고 어떤 인물이 나오는지 알아보기
- 인물의 모습을 상상하는 방법을 알아보기
- 이야기를 듣고 인물의 모습을 상상하기
- 사람을 소개하는 내용을 정리하기
- 내 주변의 아는 사람을 다른 사람에게 소개하기
- 이야기에 나오는 인물 상상하기
- 인물의 모습을 몸짓으로 표현하기
- 인물의 모습을 여러 가지 방법으로 표현하기

내가 존경하는 인물

자기가 가장 존경하는 인물을 소개해 보자.
인물은 어떻게 소개하는 거예요?
인물을 소개할 때에는 이름과 성격, 생김새, 잘하는 것을 말해. 그리고 자기가 하고 싶은 말을 하면 된단다.
제가 존경하는 인물은 세종대왕입니다.
세종대왕은 글자를 만들었고, 백성을 위해 좋은 일을 많이 했기 때문입니다.
저는 이순신 장군을 존경합니다.
거북선을 만들어 왜군을 물리쳤기 때문입니다.

한줄읽기

소개할 때는 이름과 성격, 생김새, 잘하는 것을 말한다.

스토리 텔링

할아버지가 좋아

"동동아, 오늘 어디 나가지 말고 집에 있어."

"네."

동동이는 엄마 말에 건성건성 대답했지.

텔레비전에서 한창 재미있는 만화를 하고 있었거든.

"이따 시골에서 할아버지가 오셔."

"네. 네? 엑! 할아버지가 오신다고요?"

동동이는 얼른 자기 방으로 쪼르르 들어왔어.

구석에서 부스럭부스럭 장기판을 꺼냈지.

돌돌이가 장기판을 보고 물었어.

"동동아, 너 할아버지랑 장기 두려고?"

"응! 우리 할아버지, 장기 일등이야.
난 할아버지랑 장기 두는 게 제일 재밌어!"

돌돌이가 부러운 듯 말했지.

“나도 우리 할아버지 보고 싶다.”

“그래? 너희 할아버지는 어떤 분이신데?”

“우리 할아버지는……. 머리랑 수염이 덥수룩해!

그래서 할아버지가 날 안으면 수염이 따끔따끔 찔러.”

“할아버지는 눈이 옆으로 길고 눈초리가 내려갔어.

그래서 웃으시면 반달눈이 돼.”

"또 할아버지는 손이 엄청 커! 나만 보면 커다란 손으로 쓱쓱 쓰다듬어 주시곤 해."

인물의 모습을 상상하며 이야기를 들어요.

인물이란 이야기 속에서 말하거나 행동하는 사람, 동식물, 사물 들을 말해요. 인물의 모습을 상상하며 이야기를 들으면 훨씬 재미있게 들을 수 있어요.

사람인지, 동식물인지, 사물인지 떠올려 보세요. 자기가 실제로 겪은 일이나 아는 이야기와 비교해서 들으면 훨씬 상상하기 쉽지요.

동동이는 고개를 갸웃갸웃.
종이 위에 끼적끼적 그림을 그렸지.
"음, 그러니까 너희 할아버지는……. 이렇게 생기셨다고?"
그러자 돌돌이가 펄쩍펄쩍 뛰었어.
"아냐! 에잇, 백 번 듣기보다 한 번 보는 게 낫지.
동동아, 우리 할아버지 뵈러 가자."
돌돌이는 동동이의 대답도 듣지 않고 요술 방망이를 **쑥!**
"울-랄랄라라! 울-랄랄라라! 열려라, 문!"

뚝딱!
펑!

인물의 모습을 상상하여 표현하기

인물의 모습을 상상하여 표현하는 방법에는 여러 가지가 있어요. 표정이나 몸짓으로 표현할 수도 있고요. 그림을 그리거나 노래를 불러 표현할 수도 있지요. 목소리나 말투로도 표현할 수 있답니다.
인물의 모습을 상상하여 표현할 때는 먼저 인물이 한 말과 행동, 생김새를 통해 모습을 상상해요.

동그란 빛의 구멍이 뿅 생겼지.
돌돌이는 다짜고짜 동동이 손을 끌고
빛의 구멍 속으로 **퐁당!**

동동이와 돌돌이는 어느 바위산 자락으로 날아갔어.
크고 작은 바위들 사이로 옅은 안개가 장막처럼 드리워져 있었지.
돌돌이가 초가집 한 채를 가리켰어.
"저기야! 저기가 우리 할아버지 댁이야! 할아버지! 돌돌이 왔어요!"
돌돌이는 신 나서 앞으로 깡충깡충 뛰어갔어.
덩달아 동동이도 함께 뛰어갔지.
동동이가 돌돌이를 따라 싸리문을 막 열고 들어가자…….

헉! 이게 웬일이야.

우락부락한 할아버지 도깨비가 눈앞에 **떡!**

동동이는 무서워서 심장이 발랑발랑.

말도 못 하고 입만 **뻐끔뻐끔.**

"동동아, 우리 할아버지야. 어서 인사드려!"

돌돌이가 말하고서야 동동이는 겨우 **쭈뼛쭈뼛** 인사했어.

"아, 안녕하세요."

이번에는 돌돌이가 할아버지 도깨비에게 동동이를 소개했어.
"할아버지, 얘는 박동동이라고 해요. 제가 인간 세상에서
처음 사귄 친구예요. 컴퓨터 게임을 아주 잘하고요,
저랑 무척 친해요."

내 친구를 소개하기

내 친구를 다른 사람에게 소개하려면 어떻게 할까요? 먼저 소개하려는 친구의 이름을 말해야겠지요. 그리고 성격, 생김새, 잘하는 것, 하고 싶은 말을 하면 돼요.
친구가 아니라 내가 잘 아는 사람이나 책을 보고 알게 된 사람, 다른 사람이나 TV를 보고 알게 된 사람을 소개할 때도 마찬가지랍니다.

동동이는 할아버지 도깨비의 눈치를 슬슬 살폈어.
금방이라도 쩌렁쩌렁 호통 치실 듯했지.
동동이가 조마조마하고 있는데, 갑자기 할아버지 도깨비가
동동이를 향해 커다란 손을 **쓱!**
동동이는 눈을 동그랗게 뜨고 보다가,
"으앙!"
기어이 울음을 터트리고 말았지.
돌돌이도, 할아버지 도깨비도 어리벙벙했어.

그러다 할아버지 도깨비가 먼저 빙그레 웃으셨단다.
"허허, 나처럼 큰 도깨비를 처음 봤구나."
할아버지 도깨비는 동동이를 다독다독.
"놀라게 해서 미안하다."

할아버지 도깨비는 큼직한 손으로 동동이의 머리를 쓱쓱 쓰다듬어 주셨어.

"앞으로도 우리 돌돌이와 사이좋게 지내 주렴."

동동이는 눈물이 방울방울 맺힌 눈으로 할아버지 도깨비를 힐끔. 조심스레 고개를 끄덕였지.

그 모습을 본 돌돌이가 와하하 웃음을 터트렸어.

"동동이는 울보래요. 알나리깔나리, 울보래요!"

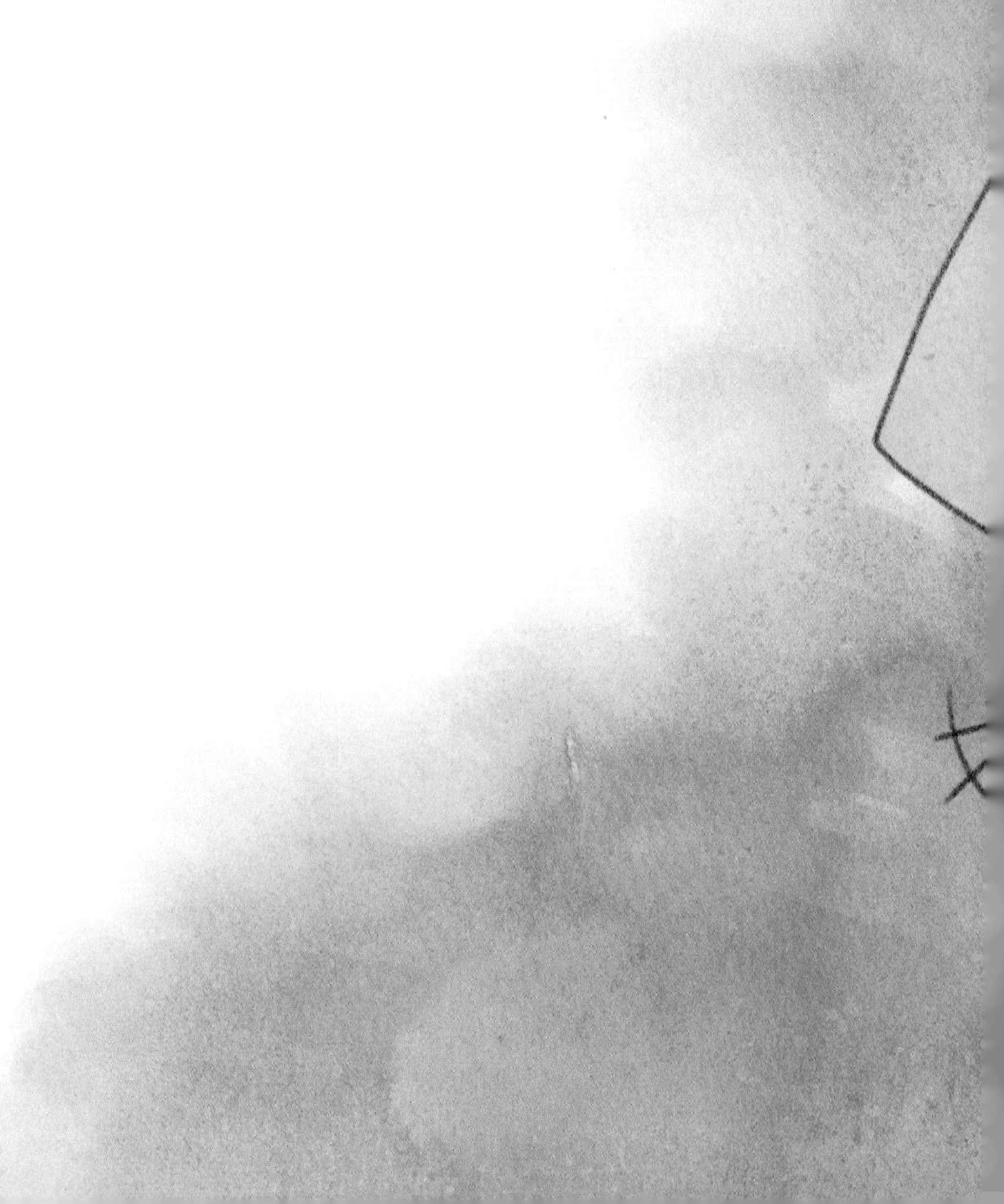

그때였어.

“동동아, 할아버지 오셨다!”

멀리서 엄마 목소리가 들려오는 듯했지.

동동이는 화들짝 놀랐어.

“돌돌아, 할아버지가 오셨나 봐. 나 먼저 집에 가야겠어.”

동동이는 할아버지 도깨비에게 꾸벅 인사했어.

“할아버지, 안녕히 계세요.”

돌돌이가 요술 방망이를 **빙그르르!**

“울-랄랄라라! 울-랄랄라라! 열려라, 문!”

뚝딱!
펑!

어느새 동동이는 자기 방에 돌아와 있었어.

동동이는 얼른 방문을 열고 다다닥!

"할아버지! 할아버지!"

"아이고, 우리 강아지!"

할아버지가 두 팔 벌려 동동이를 **와락!**

동동이는 할아버지 품에 **폭!**

“동동이, 그동안 장기 늘었니?”

“그럼요! 우리 반에서 제가 일등이에요!”

그러자 할아버지가 껄껄 웃으셨어.

“동동이가 할아버지를 이기면 초코봉봉 열 개!”

“우아! 초코봉봉!”

동동이는 냉큼 장기판을 **착!**

곧 한바탕 신 나는 장기판이 벌어졌지.

그사이 돌아온 돌돌이도 장기판을 보며 군침을 **꼴깍!**

“잘한다, 동동이! 나도 초코봉봉!”

알맹이 마당

상상의 날개를 펼쳐 보자!

인물 모습 상상하며 이야기 듣기

두더지가 사윗감을 찾아 나섰어.

구름을 찾아가 사윗감이 되어 달라 부탁했어. 하지만 바람이 밀어냈고…….

부처님을 찾아가 사윗감이 되어 달라 부탁했어. 하지만 두더지가 넘어뜨렸고…….

결국, 제일 힘센 두더지를 사윗감으로 맞았어.

'인물' 이란, 이야기 속에서 말하거나 행동하는 사람, 동식물, 사물이야.

이 이야기에서 인물은 누구일까? **두더지, 구름, 바람, 부처님,** 그리고 **힘센 두더지**야. 이야기를 들을 때, 인물이 한 말이나 행동을 떠올려 봐. 인물의 성격으로 인물이 어떻게 생겼는지 상상해 봐.

사람 소개하기

내 친구를 다른 사람에게 소개해 봐. 소개하려는 친구의 이름을 말해. 성격, 생김새, 잘하는 것을 말해. 그리고 하고 싶은 말을 하면 돼.

내가 잘 아는 사람을 소개할 때도 똑같아. 책을 보고 알게 된 사람을 소개할 때도 똑같고, 다른 사람이나 TV를 보고 알게 된 사람을 소개할 때도 똑같아.

세종대왕을 소개해 볼게. 세종대왕은 성품이 어질고 슬기로운 분이야. 세종대왕이 잘하신 일은 백성을 위해 한글과 해시계 등을 만든 거야. 마지막으로, 내가 하고 싶은 말을 할게. 나도 세종대왕처럼 국어를 잘하고 싶어!

인물 모습 상상하여 표현하기

이야기를 들을 때, 인물의 모습을 상상하면 인물이 한 일과 마음을 잘 알 수 있어. 국어 교과서에 나오는 손 큰 할머니 이야기를 상상해서 표현해 보자. 아주 재미있어.

표정이나 몸짓으로 표현하기

손 큰 할머니는 헛간 지붕으로 쓰는 함지박에 만두소를 쏟아 넣었어.

그림을 그리거나 노래를 불러 표현하기

손 큰 할머니는 함지박 안에 들어가 삽으로 만두소를 버무렸어.

목소리나 말투로 표현하기

문제 마당

도전! 나도 백점

인물 모습을 상상해 볼까?

1~5. 다음 글을 읽고 물음에 답해 보세요.

강아지의 귀에서 아주 작은 것이 꼬물거리며 나왔습니다.

"나는 외계인이야. 지금까지 강아지를 조종하고 있었어."

아주 작은 외계인이 손을 흔들며 말했습니다. 외계인은 징그럽지는 않고 귀여웠습니다. 엄마가 반찬으로 볶아 주는 오징어처럼 생긴 것 같았습니다.

"넌 뭘 먹고 사니?"

동동이가 물었습니다.

"나는 코딱지와 귀지를 먹어. 사람의 코딱지와 귀지는 쫄깃쫄깃해서 맛있더라."

외계인이 말했습니다. 그 말을 듣고 동동이는 코딱지를 파내 외계인에게 주었습니다. 외계인은 무척 고마워했습니다. ㉠둘은 금세 친해졌습니다.

1. 동동이는 외계인에게 무엇을 주었나요?

---

2. 이 글에 나오는 인물이 아닌 것은 누구일까요?

① 강아지　② 동동이　③ 오징어　④ 외계인

3. 인물의 모습을 상상하는 방법이 아닌 것을 골라 보세요.

① 인물이 한 말이나 행동을 떠올려 본다.

② 인물의 성격으로 인물이 어떻게 생겼는지 상상해 본다.

③ 인물이 사람인지, 동식물인지, 사물인지 모습을 떠올려 본다.

④ 인물이 돈을 얼마나 가졌을지 생각해 본다.

4. 인물의 모습을 상상하면 좋은 점이 아닌 것을 골라 보세요.

① 이야기가 훨씬 재미있다.

② 이야기를 이해하기 쉽다.

③ 이야기가 복잡해진다.

④ 이야기의 내용을 잘 떠올릴 수 있다.

5. ㉠의 둘은 누구일까요?

(　　　　　　　), (　　　　　　　)

6~8. 다음 글을 읽고 물음에 답해 보세요.

내 친구를 소개할게.
이름은 뿌까뿌까야.
달리기를 잘해. 다리가
많아서 무척 빨리 달리거든.
그리고 코딱지를 좋아해.

6. 동동이가 소개한 내용을 보고 알 수 있는 것을 모두 골라 보세요.

① 외계인의 이름

② 외계인이 잘하는 것

③ 외계인이 좋아하는 것

④ 외계인의 가족

⑤ 외계인의 생김새

7. 외계인이 좋아하는 것을 골라 보세요.

① 갈비　② 친구　③ 코딱지　④ 다리

8. 친구를 다른 사람에게 소개할 때, 하지 말아야 할 것은 무엇일까요?

① 친구의 이름

② 친구가 선생님에게 혼이 난 이야기

③ 친구의 성격

④ 친구가 잘하는 것

인물을 상상하여 표현할까?

9. 이 인물은 무엇일까요? 상상해서 골라 보세요.

나는 빨간 옷을 입고 길가에 서 있습니다. 그리고 종이를 받아 먹습니다.

① 귀신

② 경찰

③ 선생님

④ 우체통

10. 인물의 모습을 상상하여 표현하는 방법이 아닌 것은 무엇일까요?

① 그림을 그리거나 노래를 불러 표현하기

② 표정이나 몸짓으로 표현하기

③ 친구한테 물어보기

④ 목소리나 말투로 표현하기

정 답

1. 코딱지 2. ③ 3. ④ 4. ③ 5. 동동, 외계인 6. ①, ②, ③, ⑤ 7. ③ 8. ② 9. ④ 10. ③